Maurice   Level

L'épouvante

Maurice   Level

L'épouvante

ISBN/EAN: 9783337354381

Printed in Europe, USA, Canada, Australia, Japan

Cover: Foto ©Andreas Hilbeck / pixelio.de

More available books at **www.hansebooks.com**

Maurice Level

L'ÉPOUVANTE

(1908)

Table des matières

À MA SOEUR MADELEINE LEVEL

_Ma chérie,

Je te dédie ce livre en souvenir du temps où tu m'encourageais avant tout et contre tous à écrire.

M'acquittant ainsi de cette vieille dette de reconnaissance, je suis sûr d'être approuvé par papa, et d'obéir à la pensée de celle qui, jusqu'à la fin, nous voulut, Marie et moi, unis par une tendresse fraternelle impérissable._

MAURICE LEVEL

CHAPITRE PREMIER

LA GRANDE IDEE D'ONESIME COCHE

— Alors, c'est bien entendu, fit M. Ledoux sur le pas de sa porte. Dès que vous aurez une soirée libre, un mot, et vous venez dîner à la maison?

— Entendu, et encore merci pour l'excellente soirée...

— Vous voulez rire. C'est moi, tout au contraire... Levez bien votre col, il ne fait pas chaud. Vous connaissez le chemin? Le boulevard Lannes tout droit jusqu'à l'avenue Henri-Martin. En marchant vite, vous trouverez peut-être le dernier tramway... Ah! un mot, vous avez un revolver? le quartier n'est pas très sûr...

— N'ayez crainte, je suis toujours armé, j'ai l'habitude des excursions nocturnes dans Paris, et je connais, par profession, les tours des rôdeurs. Ne m'accompagnez pas plus loin. Le clair de lune est admirable. J'y vois comme en plein jour, rentrez...

Onésime Coche traversa le trottoir, gagna le milieu de la chaussée, et se mit en route d'un pas allègre. Comme il arrivait au coin de la rue, il entendit la voix de son hôte qui lui criait:

— À bientôt, je compte sur vous?...

Il se retourna et répondit:

4

— C'est promis.

M. Ledoux, sur la première marche du perron lui faisait au revoir de la main. Derrière lui, le corridor tendu d'andrinople, éclairé par une lampe de plafond, découpait dans la nuit une tache rose. Du petit jardin endormi, de la maisonnette aux volets clos, de l'intérieur confortable et bourgeois trahi par ce rectangle de lumière, se dégageait un calme de petite ville, un calme lointain, familial. Et Onésime Coche, en qui dix années d'existence à Paris n'avaient pu effacer complètement les impressions des jours passés au fond d'une province, le souvenir des longues soirées d'hiver, des rues silencieuses où l'on entend par les soirs de printemps, lorsque le bois travaille, craquer les auvents des maisons et les poutres des toits, demeura un instant immobile devant cette porte qui se refermait. Sans savoir pourquoi, il évoqua «ses vieux», depuis longtemps assoupis à cette heure, la bonne maison d'autrefois, la petite patrie absente, et la vie simple et facile qu'aurait pu être la sienne, si quelque démon ne l'avait attiré vers l'immense Paris, où, débarqué en conquérant il avait dû, n'ayant jamais connu la chance, se contenter d'une place de reporter dans un quotidien du matin.

Il alluma une cigarette, et, sans hâte, reprit son chemin.

Le dîner fin, le vin vieux, avaient fait se lever dans sa tête des vapeurs légères, des espoirs endormis, et, dans cette minute où rien ne troublait son rêve, ni le bruit des machines, ni le frisson du papier, ni l'odeur d'encre, de chiffons et de graisse qui flotte dans les salles de rédaction, il entrevit presque prochaine, cette chose formidable et fragile, qu'il n'espérait plus guère cependant: *la Gloire*!

Une ou deux fois, dans des restaurants de nuit, sous l'incendie des lumières, parmi le relent des mets, le parfum des femmes, le frôlement des chairs et la musique des tziganes, accoudé à sa table, le cerveau vide, les oreilles et les yeux exaspérés par les couleurs et par le bruit, il avait éprouvé cette même sensation inattendue et nette d'être quelqu'un, de porter en lui de grandes choses, et de se dire:

«En ce moment, si j'avais une plume, de l'encre et du papier, j'écrirais des phrases immortelles...»

Hélas, à cette heure louche, où un autre soi-même semble sauter sur les épaules du vrai, et l'étreindre, on n'a jamais la plume, l'encre et le papier... De même, dans le calme de cette nuit d'hiver sous la caresse irritante de la bise, idées et souvenirs effleuraient son âme sans presque s'y poser.

Une horloge tinta: ce bruit suffit à mettre en fuite tous ses rêves. Le passé se plaît à rôder dans le silence, mais rien n'évoque plus insolemment le présent que le rappel inopiné de l'heure.

— Allons, bon, fit-il! Minuit et demi, j'ai raté le dernier tramway. Du diable si je trouve une voiture dans ce quartier perdu!

Il pressa le pas. Le boulevard s'allongeait interminable, bordé à gauche par des petits hôtels, à droite par la masse arrondie des fortifications. De loin en loin, des becs de gaz jalonnaient le trottoir. C'était tout ce qui semblait vivre sur cette voie parmi les maisons endormies, les monticules de gazon, et les arbres sans feuilles où la nuit ne mettait même pas un frisson. Ce calme absolu, ce silence total, avaient quelque chose d'énervant. En passant près d'un bastion occupé par des gendarmes, Onésime Coche ralentit son allure, et jeta un coup d'oeil dans la guérite du factionnaire. Elle était vide. Il longea le mur. Derrière les grilles, la cour s'étalait toute blanche, d'un blanc sur qui les cailloux mettaient de place en place la tache noire de leur petite ombre. Des écuries, venait un raclement de chaînes et le piaffement maladroit d'un cheval embarré.

Ces vagues bruits dissipèrent complètement l'espèce d'angoisse qui ne l'avait pas quitté depuis qu'il s'était mis en route: Onésime Coche, rêveur, poète, s'était évanoui; il ne restait plus qu'Onésime Coche, reporter infatigable, toujours prêt à boucler sa valise, et à interviewer avec le même sans-gêne, le même sourire, l'explorateur revenu du Pôle nord, ou la concierge qui «croyait avoir vu passer l'assassin»...

Sa cigarette s'était éteinte. Il en tira une autre de sa poche, et s'arrêta pour l'allumer. Il allait repartir, quand il vit trois ombres qui se glissaient le long des grilles, et qui venaient vers lui. En tout autre moment, il n'eût pas même tourné la tête. Mais l'heure tardive, le quartier désert, et un instinct bizarre retinrent son attention. Il recula dans l'ombre, et, caché derrière un arbre, regarda.

Dans la suite, il se souvint qu'en cette seconde, qui devait être décisive dans sa vie, ses sens avaient pris une acuité étrange: Ses yeux fouillaient la nuit, y découvrant mille détails. Son oreille distinguait les moindres froissements. Bien qu'il fût brave, et même téméraire, il mit la main sur son revolver, et éprouva, à en caresser la crosse, une sécurité joyeuse. Mille pensées confuses traversèrent son cerveau. Il aperçut nettement des choses qui, depuis des années, dormaient en lui. Pendant quelques secondes, il comprit l'angoisse de l'homme en péril qui revit, entre deux battements de son coeur toute sa vie, il connut l'avertissement redoutable et précis du danger présent, immédiat, et cet effort désespéré de la machine humaine dont les muscles, les sens et la raison, atteignent pour la défense de l'être, le maximum de leur perfection.

Les ombres avançaient toujours, s'arrêtant net, puis repartant, glissant par bonds successifs et rapides. Quand elles ne furent plus qu'à quelques pas de lui, elles ralentirent leur course, et s'arrêtèrent. Alors, sous la lumière du bec de gaz, il put les étudier tout à son aise, et suivre leurs moindres mouvements.

Il y avait une femme et deux hommes. Le plus petit tenait sous le bras un paquet volumineux enveloppé de chiffons. La femme tournait la tête de droite à gauche, l'oreille au guet. Comme s'ils avaient craint que quelqu'invisible témoin pût les deviner, l'homme au paquet bleu, et la femme reculèrent, afin de sortir du cercle de lumière. L'autre ne bougea pas tout d'abord, puis fit un pas en avant, et, les mains sur les yeux, s'appuya au bec de gaz. Il avait vraiment, un aspect sinistre avec sa face blême, ses joues creuses, ses larges mains crispées sur son visage, ses cheveux noirs dont une mèche retombait, luisante, sur le front. Entre ses doigts, du sang avait coulé, accrochant un mince caillot à la moustache et à la lèvre, et descendant le long du menton et du cou jusqu'au col de la veste.

— Eh bien, fit la femme à mi-voix, qu'est-ce que tu attends?

Il grogna:

— J'ai mal, bon Dieu!

Elle se dégagea de l'ombre, et vint à lui. Le petit homme la suivit, posa son paquet à terre et murmura, avec un haussement d'épaules:

— C'est pas malheureux de se dorloter pour ça!

— Je voudrais bien te voir! si tu étais arrangé comme moi! tiens regarde.

Il écarta ses mains aux paumes rougies, et, parmi les cheveux collés, une balafre apparut, effroyable, barrant son front de gauche à droite, d'un grand sillon aux bords saignants et au fond rosé, déchirant le sourcil et la paupière si noire et tuméfiée, qu'elle laissait à peine deviner entre deux battements, un peu d'une chose sanguinolente aussi, qui était l'oeil.

La femme, pitoyable, prit son mouchoir, et doucement, épongea la blessure. Puis, comme le sang un instant coagulé se remettait à couler, elle enleva quelques chiffons du paquet pour recouvrir la plaie. Le blessé, grinçant des dents, tapant du pied, tendait sa face de brute. L'autre grogna:

— Tu vas pas défaire mon colis?

— Non, mais des fois?... fit la femme en détournant la tête, les mains toujours sur les yeux du blessé.

Le petit se mit à genoux et referma le ballot tant bien que mal, tordant un objet doré qui dépassait, puis se releva, son fardeau sous le bras, et attendit. Seulement, quand l'homme à la balafre fut pansé, et que la femme voulut essuyer ses mains à son tablier, il lui dit, la regardant droit dans les yeux:

— À bas! ça se lave, ça s'essuie pas! compris?

Le trio rentra dans l'ombre, et reprit sa route, rasant les murs, sans un mot, fuyant sur la pointe des pieds. Une branche d'arbre tomba en travers du trottoir sur leurs talons. Ils se retournèrent d'un saut, poings ramassés et tête basse. Coche revit une dernière fois les cheveux roux de la femme, la bouche tordue du petit et l'effroyable face à demi cachée par les linges maculés de sang, après quoi ils se jetèrent de côté, gagnèrent le gazon des fortifications et se perdirent dans la nuit.

Alors Coche qui durant un moment s'était dit: «S'ils m'aperçoivent, je suis un homme mort», respira largement, lâcha son revolver que ses doigts n'avaient cessé de tâter pendant toute la scène, et, sûr d'être bien seul se prit à réfléchir.

Tout d'abord, il songea que son ami Ledoux avait raison, en lui disant que le quartier n'était pas sûr, et il ajouta une formule qu'il avait si souvent écrite à la fin de ses articles:

«La police est bien mal faite.»

Il décida donc de gagner le milieu de la chaussée et de se hâter jusqu'à l'avenue Henri-Martin.

Pourquoi? pour le seul plaisir, sans profit et sans gloire, se faire donner un mauvais coup? Mais, il n'avait pas fait quatre pas, que son instinct de reporter, de policier amateur, reprit le dessus, et qu'il s'arrêta net:

«L'estimable trio avec lequel j'ai fait connaissance venait, se dit-il, de faire un mauvais coup. Quel genre de mauvais coup? Attaque à main armée? simple cambriolage?... La blessure de l'un me ferait pencher en faveur de la première hypothèse... mais le paquet volumineux que portait l'autre m'oblige à m'arrêter à la seconde. Des rôdeurs qui dévalisent un passant attardé ne trouvent guère sur lui que de l'argent, voire des titres, des bijoux, dont l'ensemble ne saurait constituer un chargement bien encombrant. L'usage n'a pas encore pénétré dans nos moeurs, de se promener la nuit, avec de l'argenterie, des bibelots. Or, si j'ai bien vu, le paquet renfermait des objets de métal. Pour que je commette une erreur sur ce point, il faudrait que mes oreilles fussent aussi imparfaites que mes yeux, car j'ai distingué un cadran de pendule, et j'ai entendu, lorsque l'homme a déposé son fardeau, un tintement semblable à celui que produiraient des couverts entrechoqués. Quant à la blessure... Dispute et rixe pour le partage du butin?... Chute contre un corps dur et tranchant, marbre de cheminée, porte garnie de glaces?... C'est possible... En tous cas, le cambriolage paraît évident... Alors? Alors, il y a deux écoles: ou bien retourner sur mes pas à toute vitesse, et tâcher de retrouver la piste des gredins, ou m'efforcer de découvrir la maison à qui ils ont rendu visite.

«Or, j'ai perdu dix bonnes minutes, et maintenant mes gaillards sont loin. En admettant même que je les retrouve, seul contre trois, je ne pourrais rien. Leur capture, au demeurant, n'est point de mon ressort: Nous payons des agents pour cela. Tandis que, découvrir la maison mise à sac, voilà qui est en vérité digne de tenter ma fantaisie d'amateur. Nul avant moi n'a eu connaissance du vol. Je sais exactement d'où venait le trio. Mon regard porte bien à trois cents mètres malgré la nuit: c'est à cette distance environ que les ombres me sont apparues: Depuis la seconde où je les ai vus, les deux hommes et la femme ne se sont pas arrêtés jusqu'au bec de gaz.

«Je peux donc franchir ces trois cents mètres sans m'occuper de rien, après quoi j'aviserai.»

Il se mit en marche, sans hâte, se retournant de temps en temps pour juger la distance parcourue. Son pas pouvait être d'environ soixante-quinze centimètres; il compta quatre cents pas et s'arrêta. À partir de ce moment, il était dans la zone d'action possible. Si le vol avait eu lieu avant l'avenue Henri-Martin, il avait la certitude de découvrir un indice. Il quitta la chaussée, monta sur le trottoir, et suivit la grille de la première maison. Il atteignit ainsi une petite porte fermée. La maison était au fond du jardin; derrière les volets clos il y avait de la lumière. Il ne s'attarda pas davantage, et poursuivit son chemin. Partout le même calme, nulle trace d'effraction. Il commençait à désespérer de rien découvrir, quand, ayant posé sa main contre une porte, il la sentit céder sous sa pression et s'ouvrir.

Il leva les yeux. La maison était obscure, silencieuse, et ce silence lui parut étrangement profond. Il haussa les épaules et murmura:

«Qu'est-ce que je vais chercher? Quel mauvais tour me joue mon imagination à l'heure où j'ai besoin de tout mon sang-froid?... pourtant par quel hasard, cette porte n'est-elle pas fermée?»

La porte avait tourné complètement sur ses gonds. Il voyait le petit jardin aux plates-bandes bien soignées, la terre ratissée avec soin, et le sable blond de l'allée qui semblait d'or sous la caresse de la lune. Une hésitation le gagnait maintenant, si forte qu'il décida de continuer son chemin... Tout cela n'était sans doute qu'un roman. Ces rôdeurs étaient peut-être de braves ouvriers regagnant leur demeure... et que des malandrins avaient attaqués... Qu'avaient-ils dit, en somme, qui pût donner corps à ses soupçons? Leur allure était louche, leurs visages sinistres? Mais lui-même, dans la nuit, apparaissant brusquement ainsi, ne serait-il pas effrayant?...

Le drame se changeait peu à peu en vaudeville. Restait le paquet... Et, s'il ne contenait qu'un vieux réveil et de la ferraille?...

La nuit est une étrange conseillère. Elle met sur les objets et sur les êtres des ombres fantasmagoriques que le soleil dissipe en un instant. La peur, ouvrier diabolique, transforme tout, bâtit de toutes pièces des histoires, bonnes pour les petits enfants. Nul ne sait à quelle seconde précise elle s'insinue dans le cerveau. Elle y travaille depuis des minutes, des heures qu'on se croit encore maître de sa raison. On pense: «Je veux ceci. Je vois cela...» Déjà elle a tout bousculé en nous, elle s'est installée, souveraine. Ses yeux sont dans les nôtres, sa griffe frôle notre nuque... Bientôt nous ne sommes plus qu'une loque orgueilleuse, et, tout d'un coup, un grand frisson nous prend et nous secoue: Dans un effort désespéré nous essayons d'échapper à son étreinte. Peine inutile: les plus braves s'avouent vaincus les premiers. C'est la minute trouble où l'on murmure la phrase redoutable: «*J'ai peur!...*» Mais depuis des heures on claquait des dents sans oser s'en rendre compte.

Onésime Coche recula d'un pas, et dit à haute voix:

— Tu as peur, mon garçon.

Il attendit, cherchant à démêler l'impression exacte que ce mot allait faire sur lui. Pas un muscle de son corps ne tressaillit. Ses mains restèrent immobiles dans ses poches. Il n'eut même pas cet étonnement fugitif qu'on ressent à entendre résonner sa propre voix dans le silence. Il regardait toujours droit devant lui, et, soudain, il tendit le cou: Dans le sable jaune de l'allée des traces lui étaient apparues, qu'une ombre mince découpait, empreintes de pas, nettes ici, déjà recouvertes par d'autres empreintes. Il revint jusque sous la porte, se baissa et prit dans sa main un peu de sable: C'était un sable sec, au grain très fin et si léger que le moindre souffle devait le déplacer. Il entr'ouvrit les doigts et le vit retomber en une poudre claire. Alors, brusquement, tous ses doutes s'évanouirent avec toutes ses théories sur la peur et les images fantastiques qu'elle suggère. Jamais son esprit n'avait été plus lucide, jamais il ne s'était senti plus calme. Son cerveau travaillait comme un bon tâcheron qui abat sa besogne et qui, ayant frappé son dernier coup de marteau,

13

prend la pièce achevée et, le poing tendu, l'élève satisfait à hauteur de son oeil.

Il se ressaisit, ramassa ses idées confuses. Tout ce qui pendant un moment lui avait semblé chimérique lui apparut de nouveau plus que vraisemblable, vrai. Une certitude faite d'indices précis l'envahit. Il abandonna les hypothèses pour des faits contrôlables que son imagination ne pouvait plus travestir. De déductions en déductions — logiques, cette fois — il en arriva au point exact d'où il était parti sur une simple impression:

Des pas avaient foulé le sable de l'allée et l'avaient foulé récemment, car le vent, si léger qu'il fût, n'eût pas manqué d'effacer les empreintes si elles avaient été anciennes. Les hommes et la femme avaient passé là. Nul autre qu'eux n'avait franchi le seuil de cette maison. Le mystère entrevu dormait derrière ces murs silencieux, dans l'ombre de ces pièces aux fenêtres closes. Une force invisible le poussa en avant.

Il entra.

D'abord, il avança avec précaution, évitant de poser ses pieds sur les traces de pas. Bien qu'il sût que la moindre brise dût les effacer, il y attachait trop d'importance pour les détruire lui- même. Les cambrioleurs avaient laissé, sans s'en douter, leur carte de visite: le plus maladroit policier de province n'eut pas manqué de la respecter, et d'en faire état, dans la suite. Il se souvint de mille causes sensationnelles où des indices bien plus faibles avaient facilité les recherches. L'aventure de ce criminel retrouvé à plusieurs années de distance grâce à une bottine oubliée revint à sa mémoire, et il s'émerveilla de ce que son esprit fût si lucide et si prompt après les doutes de la minute précédente. La raison avait fait place à une sorte d'instinct supérieur qui guidait, non seulement ses déductions les plus audacieuses, mais ses moindres gestes. Il arriva ainsi, ayant à peine fait dix pas, à la porte de la maison. Lui que, tout à l'heure, l'apparition d'une ombre, d'une trace, troublait au point de le faire hésiter; lui, qui n'avait osé, durant un long moment, formuler ses doutes, il n'éprouva pas la moindre surprise de ce que la porte s'ouvrît lorsqu'il en tourna le bouton. Logiquement, pourtant, il était bien plus naturel qu'on eût omis de refermer la grille que la porte d'entrée: la grille n'offrait qu'un mince obstacle aux rôdeurs; le premier venu pouvait sans effort se hisser sur le mur d'enceinte, franchir les courtes piques de fer et retomber sans bruit dans le jardin, tandis que la porte même de la maison était une barrière assez sérieuse pour qu'on n'omît pas de la fermer avant de s'endormir. Ce raisonnement simple ne l'effleura même pas, non plus que l'inquiétude d'être pris lui- même pour un cambrioleur et reçu comme tel.

Cependant, lorsqu'il entendit son talon résonner sur les dalles du corridor, il s'arrêta, imperceptiblement. Il chercha une allumette dans sa poche: la boîte était vide. Il murmura: «Tant pis», retira son revolver de sa gaine et tâtonna, la main grande ouverte, guidé seulement par le contact du mur très froid, humide et qui collait aux doigts. Brusquement il perdit ce contact, et sa main s'agita dans le vide. Il avança un pied, puis l'autre, heurta un objet qui rendit un son moins rude que celui des dalles. Il se baissa, explora l'ombre les paumes en avant, sentit une marche et un petit tapis dont le velouté lui fut agréable après l'humidité du mur. Il se redressa et toucha la rampe; le bois craqua. Sans presque se rendre compte comment, sans chercher à savoir pourquoi il montait au premier étage plutôt que de visiter le rez-de-chaussée, il s'engagea dans l'escalier. Il compta douze marches, trouva un petit palier, explora le mur: Toujours la pierre lisse. Il monta encore, compta onze marches, après

15

quoi son pied ne fût arrêté par rien: La route était libre. Il s'agissait maintenant de s'orienter et, avant tout, sous peine de se faire tuer, d'annoncer sa présence.

Le sommeil du ou des locataires de la maison devait être bien profond pour qu'ils ne l'eussent pas entendu marcher. L'escalier avait plus de vingt fois crié sous ses pas. La porte, malgré toutes les précautions, avait grincé quand il l'avait fermée. Qui sait si, derrière une cloison, un homme ne l'attendait pas, le revolver au poing prêt à faire feu? À ce jeu il ne risquait rien de moins qu'une balle dans le corps. Il dit donc à mi-voix, pour n'effrayer personne:

— Quelqu'un?...

Pas de réponse. Il répéta, un peu plus fort:

— Il n'y a personne?...

Après un temps, assez court, du reste, il ajouta:

— N'ayez pas peur; ouvrez...

Pas de réponse.

— Diable, pensa-t-il, on dort là-dedans! Ce détail que je ne prévoyais pas va compliquer ma tâche. Je ne veux pourtant pas me faire estropier par amour de l'art.

Il réfléchit une seconde, puis dit, à voix tout à fait haute, cette fois:

— Ouvrez! c'est la police.

Ce mot le fit sourire. D'où lui était venue cette idée d'annoncer qu'il était «La Police»?... Onésime Coche policier! Onésime Coche, sans cesse occupé à collectionner les maladresses de la Préfecture, à railler ses agents, amené à s'affubler de leur titre, voilà qui était drôle! La police (et du coup il se mit à rire franchement) ne pensait guère à lui, ni aux cambrioleurs! À cette heure, de loin en loin, deux sergents de ville somnolents se promenaient dans les carrefours paisibles, le capuchon levé, les mains aux poches. Dans les postes, auprès du poêle qui ronflait, parmi l'odeur des pipes, du plâtre chauffé, du drap mouillé et du cuir, des agents, à cheval sur un banc de bois, jouaient à la manille avec des cartes grasses et si rugueuses que le papier se roulait sous le doigt, attendant pour le passer à tabac, le pochard attardé ou le laitier surpris en train de baptiser sa marchandise: La Police? C'était ça. Onésime Coche, lui, était ce qu'elle devrait être: le gardien vigilant et fidèle, adroit et résolu, capable de veiller sur la sécurité des habitants. Quel parallèle! Quelle leçon et quels enseignements!… Il voyait déjà l'article qu'il écrirait le lendemain, et se réjouissait en songeant à la tête des agents de la Sûreté. Lui, simple journaliste, allait leur apprendre leur métier! L'article aurait un titre sensationnel, un chapeau savant, des sous-titres imprévus… Quel papier!…

Mais ce mot magique «La Police» demeura sans écho comme les autres. Pas un murmure ne troubla la majesté du silence. Coche pensa que son truc ne valait rien, que le danger demeurait pareil. Une chose cependant le rassura. Ses yeux habitués à l'obscurité distinguaient peu à peu les objets. À quelques pas de lui, il aperçut une vague lueur. En déplaçant la tête, il remarqua que cette lueur éclairait un peu le plancher. Il avança et se trouva devant une fenêtre. Un rayon de lune glissait entre les volets clos. Par les fentes des persiennes il vit une petite bande du jardin, et, une autre bande un peu plus sombre qui devait être le boulevard. Il ne s'attarda point à goûter le charme du clair de lune et du ciel piqué d'étoiles. Rien ne convenait moins à sa nature violente, à son tempérament de combat, que le silence, les gestes lents et les précautions sans fin. Tour à tour il avait été patient, sournois, timide, presque poltron… Mais tout a une fin: il était entré dans cette maison pour savoir: il saurait.

Il fit donc demi-tour, plaqua sa main sur la muraille, et ayant rencontré sous ses doigts une porte, en saisit le bouton, le tira à lui, afin qu'on ne pût l'ouvrir sans effort de l'intérieur et cria, plutôt qu'il ne dit:

— Pour Dieu! n'ayez pas peur et ne tirez pas!

Il compta jusqu'à trois et ne recevant pas de réponse, ouvrit violemment. Il s'attendait à éprouver de la résistance: au contraire, emporté par son élan il tomba la face en avant, et se heurta le front. Dans le geste qu'il fit pour se retenir, il accrocha une chaise qui bascula sur le plancher avec un grand bruit.

— Cette fois, se dit-il, avec un vacarme pareil, on va m'entendre, enfin!…

Mais, quand le fracas du meuble renversé eut cessé de rebondir dans la maison, pas une voix ne s'éleva, pas un murmure ne traversa la nuit, pas un souffle ne le fit tressaillir.

— Allons, pensa-t-il, les cambrioleurs étaient plus forts que moi. La cage était vide, et ils le savaient, les bougres! Ils ont travaillé tout à leur aise, et n'ont même pas éprouvé le besoin, ouvriers méthodiques, de refermer les portes derrière eux. Voilà pourquoi je suis entré si aisément.

Un commutateur électrique se trouvait sous ses doigts: il le tourna. Une lumière flamba, éclairant une pièce assez vaste, et quand ses yeux, une seconde surpris et clignotants, purent regarder, ce fut pour voir un spectacle à la fois si imprévu et si horrible qu'il sentit ses cheveux se dresser sur sa tête, et qu'il étouffa mal un hurlement d'épouvanté.

La chambre était dans un état de désordre insensé. Une armoire ouverte montrait des piles de linge bousculées, des draps pendants, comme arrachés et maculés de taches rouges. Des tiroirs béants on avait retiré des papiers, des chiffons, de vieilles boites qui jonchaient le plancher. Près d'un rideau, sur le mur tendu d'étoffe claire, une main s'étalait, toute rouge, les doigts ouverts. La glace de la cheminée fendue dans toute sa hauteur était crevée en son milieu, et des débris de verre étincelaient sur le plancher. Sur la toilette, parmi des enveloppes froissées, des bouts de linges et de corde traînaient; la cuvette remplie d'une eau rouge avait débordé, et des flaques de même couleur éclaboussaient le marbre blanc. Une serviette tordue portait les mêmes traces: tout était saccagé, tout était rouge. Les pieds, en se posant sur le tapis, faisaient un bruit semblable à celui du sable mouillé qu'on piétine sur les plages à la marée montante; enfin, sur le lit, rejeté en travers, les bras en croix, serrant un goulot de bouteille dont les éclats lui avaient entaillé la main, un homme était étendu, la gorge ouverte de l'oreille gauche au sternum, par une effroyable blessure d'où le sang avait rejailli sur les oreillers, les draps, les murs et les meubles en une giclée violente. Sous la lumière crue, dans l'horrible silence, cette chambre où tout était rouge, où partout le sang avait collé ses taches, n'avait plus l'air d'une chambre, mais d'un abattoir.

Onésime Coche embrassa tout cela d'un seul regard, et son épouvante fut telle qu'il dut d'abord s'appuyer au mur pour ne pas tomber, puis faire appel à toute son énergie pour ne pas fuir. Une bouffée de chaleur lui monta au visage, un grand frisson le secoua et une sueur glacée se répandit sur ses épaules.

19

Par curiosité, par hasard ou par profession, il lui avait été donné de contempler bien des spectacles effrayants: jamais il n'avait éprouvé une angoisse pareille, car, toujours, jusqu'ici, il savait ce qu'il allait voir ou du moins il savait «qu'il allait voir quelque chose». Puis, pour soutenir son courage, pour vaincre son dégoût, il avait eu le voisinage d'autres hommes, ce coude à coude qui rend braves les plus peureux. Pour la première fois il se trouvait à l'improviste et seul devant la mort... et quelle mort!...

Il se redressa cependant. La glace fendue lui renvoya son image. Il était blême, un grand cercle bistré entourait ses yeux, ses lèvres sèches s'entr'ouvraient dans un rictus affreux et, sur son front où perlaient des gouttes de sueur, près de sa tempe droite que rayait un filet de sang, une tache rouge apparaissait.

Tout d'abord, ne se souvenant pas du choc qu'il avait ressenti en poussant la porte, il crut que la tache était sur la glace et non sur lui. Il inclina la tête de côté: la tache se déplaça avec lui. Alors, il eut peur vraiment, horriblement. Non plus la peur de la mort, du silence et du meurtre, mais la peur obscure, insoupçonnée, d'une chose surnaturelle, d'une folie soudaine éclose en lui. Il se rua vers la cheminée et, les deux mains crispées au marbre, la face tendue, se regarda. Il respira plus librement. Avec la vision précise de la blessure, sa mémoire était revenue. Il sentit la douleur de sa chair meurtrie, et se réjouit presque d'avoir mal. Il prit son mouchoir, épongea le sang qui avait coulé jusque sur sa joue et son col. La déchirure était insignifiante: une section nette de deux centimètres environ qui avait beaucoup saigné comme saignent toutes les plaies de la face et qu'entourait une zone contusionnée d'un rosé violacé à peine plus large qu'une pièce de quarante sous. À cet instant — une minute à peine s'était écoulée depuis son entrée dans la chambre - - il

20

songea au corps immobile, étendu sur le lit, à la plaie hideuse entrevue, à cette face d'épouvante enfoncée dans la blancheur des draps, avec son menton projeté en avant, son cou tendu et comme offert à un nouvel égorgement, dont l'image se reflétait dans la glace, près de la sienne. Il se dirigea vers le lit, écrasant sous ses pieds des débris de verre, et se pencha.

Il n'y avait presque pas de sang autour de la tête. Mais la nuque, les épaules, baignaient dans une flaque rouge coagulée. Avec des précautions infinies, il prit la tête entre ses mains, la souleva: la plaie s'ouvrit, plus large, comme une effroyable bouche, laissant sourdre, avec un léger clapotis, quelques gouttes de sang. Un caillot épais adhérait aux cheveux, et s'étira suivant le mouvement du crâne. Il reposa la tête, doucement. Elle avait gardé, dans la mort, une indicible expression d'effroi. Les yeux encore brillants avaient une fixité extraordinaire. La lumière de la lampe électrique y mettait deux flammes autour desquelles Onésime Coche regardait deux petites images à peine voilées qui étaient son image. Pour la dernière fois, le miroir de ces yeux sur qui avaient passé les visages des meurtriers réfléchissaient une face humaine. La mort avait fait son oeuvre, le coeur avait cessé de battre, les oreilles d'entendre, le dernier cri avait roulé entre ces lèvres retroussées, le dernier râle avait buté contre la barrière de ces dents couvertes d'écume... cette chair encore tiède ne tressaillerait plus jamais, ni sous la caresse d'un baiser, ni sous la morsure du mal.

Brusquement, entre ce mort et lui, une autre image se dressa: celle du trio du boulevard Lannes. Il revit le petit homme au paquet bleu, le blessé avec son oeil tuméfié, sa mâchoire de brute, et la fille en cheveux. Il entendit la voix brève et canaille qui disait: «Ça se lave, ça s'essuie pas». Et le drame lui apparut terriblement clair, tandis que la femme faisait le guet, les deux hommes, après avoir crocheté les serrures, étaient montés au premier étage, où ils savaient trouver des valeurs. Le vieux, surpris dans son sommeil, avait crié, et les hommes lui avaient sauté dessus; lui, pour se défendre, s'était armé d'une bouteille, et, tapant au hasard, avait atteint au front l'un de ses agresseurs. La lutte avait continué encore quelques instants, à en juger par tout le sang répandu, les meubles renversés. Enfin, la victime s'était adossée contre son lit; l'un des hommes alors l'avait saisie par le col de sa chemise où se voyaient des marques rouges, et maintenu sur le dos tandis que l'autre, d'un seul coup, lui tranchait la gorge. Après, c'avait été le pillage, la recherche fiévreuse de l'argent, des titres, des bibelots de prix, puis la fuite...

Onésime Coche se retourna, afin de résumer dans sa pensée toute la scène. Sur la table, trois verres étaient posés dans lesquels il restait un peu de vin. Leur forfait accompli, les meurtriers ne s'étaient pas sauvés tout de suite: certains de n'être plus dérangés, ils avaient bu. Ensuite ils s'étaient lavé les mains, et avaient essuyé leurs doigts.

Une fureur soudaine envahit l'âme du reporter. Il serra les poings et gronda:

— Ah! les crapules! les crapules!

Qu'allait-il faire maintenant? Chercher du secours? Appeler? À quoi bon? Tout était fini, tout était inutile. Il demeurait immobile, hébété, le cerveau rempli par la vision du meurtre. Et soudain, son esprit joignit les assassins. Il les devina assis dans quelque bouge, partageant le butin, maniant de leurs doigts rougis les objets dérobés. Pour la seconde fois, il murmura:

— Crapules! Crapules!...

Un désir l'envahit de les retrouver, et de les voir, non plus
triomphants et féroces ainsi qu'ils avaient dû s'asseoir à cette
table, près de ce cadavre, mais effondrés, livides, grimaçants,
au banc de la cour d'assises, entre deux gendarmes. Il
imagina ce que pourraient être leurs horribles faces tandis
qu'on leur lirait l'arrêt de mort, et leur marche à la
guillotine, au petit jour, sous la lueur du matin blême. La
loi, la force, le bourreau lui apparurent formidables, terribles
et justes. Tout d'un coup, par un revirement soudain, cette
loi, cette force, et ce bras séculier lui semblèrent des fantoches
ridicules dont se riaient les criminels. La Police, incapable de
veiller sur la sécurité des gens, était trop maladroite pour
mettre la main sur les assassins. De temps en temps, elle en
arrêtait bien un, au petit bonheur, et parce que le hasard se
mettait dans son jeu. Mais, pour un gredin pris au collet,
combien de crimes impunis! La Police se fait non avec des
brutes solides, mais avec des cerveaux intelligents, avec des
artistes véritables, des hommes qui considèrent leurs
fonctions moins comme un métier que comme un sport.
Pour peu qu'un criminel ne commette pas une lourde
maladresse, il est sûr de l'impunité. L'homme qui ne laisse
rien derrière lui, peut voler, tuer en toute sécurité. Le crime
découvert, on cherche dans l'entourage de la victime, on
fouille sa vie au hasard, on remue ses papiers. Si le meurtrier
n'a jamais été mêlé à son existence, au bout de quelques mois
de recherches, après qu'un juge d'instruction entêté ait gardé
sous les verrous un pauvre diable dont l'innocence finit par
éclater, l'affaire est classée, et les criminels, enhardis par le
succès, recommencent, plus forts et plus introuvables cette
fois, parce que les maladresses des policiers dont ils ont pu
suivre le travail, leur ont enseigné l'art de ne pas se faire
prendre.

Et pourtant, quel métier plus passionnant, que celui de chasseur d'homme? Sur un indice à peine perceptible pour d'autres yeux, revivre tout un drame, dans ses moindres détails! D'une empreinte, d'un bout de papier, d'un objet déplacé, remonter à la source même des faits! Déduire de la position d'un corps, le geste du meurtrier; de la blessure, sa profession, sa force; de l'heure où le crime fut commis, les habitudes de l'assassin. Par le seul examen des faits, reconstituer une heure comme un naturaliste reconstitue l'image d'un animal préhistorique à l'aide d'une seule pièce de son squelette... quelles sensations prodigieuses, quel triomphe! L'inventeur en connaît-il de supérieures, lui qui, pendant des jours et des nuits, s'enferme dans son laboratoire, acharné à trouver la solution d'un problème!... et le but qu'il poursuit lui est immobile. Il sait que la vérité est une et ne se déplace pas, que les événements ne la modifient pas, que tous les pas qu'il fait le rapprochent d'elle; il sait qu'il avance lentement, mais sûrement; que, si la voie qu'il a choisie est bonne, la solution ne peut, à la dernière seconde, lui échapper. Pour le policier, au contraire, c'est l'angoisse de tous les instants, la piste qui se fausse, le but, un instant entrevu, qui disparaît, le problème renouvelé sans cesse, avec la solution qui s'éloigne, se rapproche, et semble fuir; c'est le cri de triomphe soudain arrêté dans la gorge, la vie multiple, surnaturelle, faite de tous les espoirs, de toutes les craintes de toutes les déceptions; c'est la lutte contre tout, contre tous, exigeant à la fois la science du savant, la ruse du chasseur, le sang-froid du chef d'armée, la patience, le courage et l'instinct supérieur qui seuls font les grands hommes, et, seuls, conduisent aux grandes choses. Ces minutes prodigieuses, songeait Coche, je voudrais les connaître, les vivre; je voudrais être parmi la meute inintelligente des policiers qui, demain, battront le terrain, le limier galopant sur la bonne piste. Sans souci du danger et sans le secours de personnel, je voudrais faire ce métier et montrer cette chose extraordinaire: un homme seul, sans ressource, sans autre appui que sa volonté, sans autres renseignements que ceux qu'il aurait su trouver lui-même, arrivant à la vérité, puis, sans cri, sans combat, déclarant le plus simplement du monde, un beau jour:

— «À telle heure, à tel endroit, vous trouverez les meurtriers. Je dis qu'ils seront là, non parce que le hasard m'a mis sur leurs traces, mais parce qu'ils ne peuvent se trouver ailleurs; et ils ne peuvent se trouver ailleurs par la seule raison que les événements provoqués par moi les ont obligés à venir donner dans le piège chaque jour plus étroit et plus solide que j'ai tendu sous leurs pas.»

J'emploierais à cela tout le temps nécessaire, mes nuits, mes jours, pendant des semaines et des mois. Ainsi, je connaîtrais cette volupté d'être celui qui cherche, et trouve. Auprès de cela parlez-moi des émotions du jeu, de l'ivresse de la découverte! J'aurais goûté toutes les voluptés en une seule... Toutes?... À la vérité, il m'en manquerait une: la peur... La peur qui décuple les forces, double, triple les heures... Mais, alors... il est donc une volupté supérieure à celle de la poursuite?... Oui! celle d'être poursuivi.

Ah! La bête traquée par les chiens, qui fuit vers l'horizon mouvant, heurtant son front aux branches basses, arrachant ses flancs aux halliers, quelle histoire de l'épouvante elle pourrait dire, si la pensée habitait son cerveau! Le coupable qui se sent découvert, qui croit, à chaque carrefour, voir se dresser devant lui la justice; pour qui les jours ne savent pas finir, pour qui les nuits se peuplent d'affreux rêves, et les réveils d'ivresse folle et fugitive, il doit connaître tout cela! Pour peu que son âme soit bien trempée, quelles joies rapides, mais puissantes, ne doit-il pas éprouver lorsqu'il est parvenu à mettre en défaut l'habileté de ceux qui le harcèlent, à les lancer sur une fausse

25

piste, et à reprendre haleine, tout en les voyant chercher, s'énerver, s'arrêter et repartir encore, jusqu'à ce que leur instinct ou leur clairvoyance les ait remis sur le bon chemin! … Cela, vraiment, c'est la lutte, le combat d'homme à homme, la guerre sans pitié, avec ses dangers et ses ruses. Tout l'instinct de la bête est là: c'est l'image de ces combats effroyables, qui jettent les êtres les uns contre les autres, depuis que le monde est monde et qu'il faut conquérir la proie de chaque jour. N'est- ce pas à ce jeu terrible que l'enfant demande ses premières joies? Sans le savoir, jouant à cache-cache, il s'apprend à jouer à la vraie guerre d'embuscade, cette guerre de partisan qui use les armées plus sûrement que vingt batailles…

Le problème se résume ainsi: à la recherche de sensations nouvelles, dois-je préférer le rôle de chasseur à celui du gibier? le rôle du policier à celui du criminel? Cent autres avant moi se sont faits policiers amateurs, mais nul ne s'est essayé dans le rôle du coupable. Je le choisis. Sans doute, n'ayant rien à me reprocher, j'en ignorerai les angoisses réelles, mais il me restera tous les plaisirs de la ruse. Joueur au portefeuille vide, je saurai du moins suivre sur le visage de mon partenaire les émotions de la partie. Ne risquant rien, je n'aurai rien à perdre, mais, au contraire, tout à gagner. Et si le bienheureux hasard veut qu'on m'arrête, journaliste avant tout, je devrai à la police le reportage le plus sensationnel qui ait jamais été fait et dont le titre pourrait être:

«SOUVENIRS ET IMPRESSIONS D'ASSASSIN»

Toutes les portes dont jusqu'ici nul confrère n'a franchi le seuil s'ouvriront devant moi. Je connaîtrai la souricière, le panier à salade et les menottes. Je pourrai raconter, sans crainte de démenti, ce que vaut le régime des prisons, comment y sont traités les prévenus, par quels moyens un juge s'efforce d'arracher des aveux. Bref, je prononcerai, s'il est besoin, le réquisitoire le plus puissant et le plus juste contre ces deux forces redoutables qui se nomment la *Police* et la *Magistrature*! Une idée suffit à la vie d'un homme. Si je ne deviens pas célèbre après celle-là, j'y veux perdre mon nom! Coche, mon ami, à dater de cette seconde, pour le monde entier, tu es l'assassin du boulevard Lannes! Le prologue est fini. Le premier acte va commencer. Attention!

CHAPITRE II

29, BOULEVARD LANNES

Onésime Coche jeta un long regard autour de lui, s'assura que les rideaux des fenêtres étaient bien fermés, prêta l'oreille afin d'être certain que nul ne viendrait le déranger dans sa besogne, puis, rassuré, il enleva son pardessus, le déposa sur une chaise avec sa canne et son chapeau, et réfléchit.

Il s'agissait maintenant de créer de toutes pièces la mise en scène du *Crime d'Onésime Coche,* et pour ce, tout d'abord, il fallait faire disparaître tout ce qui pouvait mettre sur la trace des *vrais coupables.*

Le cadavre découvert, ce qui, dans cette pièce, retenait d'abord l'attention, c'étaient les trois verres oubliés sur la table. En omettant de les faire disparaître, les assassins avaient commis une faute grave. Leur négligence suffisait à donner à la justice un renseignement précieux. Un homme seul passe inaperçu là où trois hommes se font arrêter. Il lava donc les trois verres, les essuya, et avisant un placard ouvert où d'autres verres étaient rangés, les remit à leur place. Ensuite il prit la bouteille entamée, éteignit l'électricité afin qu'aucun de ses gestes ne pût être vu du dehors, tira les rideaux, ouvrit la fenêtre, les volets, et la lança de toutes ses forces. Il la vit tournoyer en l'air et retomber de l'autre côté de la chaussée. Le bruit du verre brisé éveilla pendant une seconde le silence. Il se rejeta en arrière, et se mordit les lèvres:

— Si quelqu'un avait entendu?... Si l'on venait?... Si l'on me trouvait là, dans cette chambre?...

La peur qu'il éprouva n'avait rien de comparable à toutes celles qu'il avait connues jusqu'alors. Rapide, incisive, elle le clouait sur place, arrêtant sa respiration. Il eut, en moins d'une seconde, très chaud et très froid... Il fouilla la nuit, guetta le silence... Rien. Alors, il referma les voleta, la fenêtre, tira les rideaux, revint à tâtons jusqu'au commutateur, et donna de la lumière.

Chose étrange! L'obscurité seule l'effrayait. La lumière faisait s'enfuir toutes ses angoisses. Il connut à cela qu'il n'était pas un vrai criminel, car l'aspect de la victime, loin de grandir son effroi, l'apaisa. Dans le noir, il en arrivait presque à se sentir coupable; bien éclairés, les objets, malgré l'horreur du lieu, n'avaient plus rien de terrible pour ses regards. Il réfléchit que, la peur, le remords, devaient être d'atroces choses, et qu'il allait lui falloir une rare force d'âme pour en grimacer les tourments.

«Je vais, pensa-t-il, être obligé de me combattre et de me vaincre pour ne pas laisser deviner mon innocence, autant qu'un coupable, pour cacher son crime.»

La table débarrassée, il se dirigea vers la toilette. Là, le désordre était si flagrant qu'il était impossible d'admettre qu'il fût l'oeuvre d'un seul.

Les objets portent en eux le secret des doigts qui les ont maniés. Rien qu'à voir la position des serviettes, on sentait qu'elles avaient été jetées là par des mains différentes: un criminel ne déplace pas pour son seul usage tant d'objets. L'instinct, à défaut de tout autre raisonnement, l'oblige à faire vite. Par ailleurs — et puisqu'à l'occasion tout indice devait être interprété contre lui — il était nécessaire que l'homme d'ordre qu'il était reparût jusque dans le crime. Un être méticuleux comme lui n'aurait pas bousculé ainsi les serviettes. Un obscur besoin de rectitude, de netteté, demeure, même dans les folies passagères, chez ceux qu'une longue habitude des soins de chaque jour a faits soigneux et délicats: le crime d'un homme du monde ne saurait être semblable à celui d'un rôdeur. L'être bien né se retrouve en toutes choses à d'infimes détails. Il se souvint de l'aventure de ce Ci-devant, attablé, sous la Terreur, dans une auberge, au milieu de massacreurs, de tricoteuses, et trahissant son identité, malgré un déguisement savant, par la façon dont il tenait sa fourchette. On pense à tout... sauf à la petite chose indispensable. Le faussaire déguise son écriture, masque sa personnalité, mais un oeil exercé retrouve parmi les lettres contournées, les lignes déviées, les barres volontairement changées, la «lettre type», la façon de placer une virgule, qui suffit à faire tomber le masque...

Méthodiquement, il mit de l'ordre dans le désordre, effaça la main sanglante étalée sur l'étoffe tendue le long du mur, gratta sur un tiroir la marque qu'avait gravée un coup de talon ferré, mais se garda bien de toucher aux éclaboussures de sang. Plus il y en aurait, plus la lutte semblerait avoir été longue. Rien ne subsista bientôt des traces laissées par «les autres». Le crime, dans ce décor arrangé, était le meurtre anonyme, où ne subsiste pas le moindre indice, où rien ne peut servir la justice. Il s'agissait maintenant d'en faire le crime d'un individu déterminé, de lui donner une physionomie spéciale, en un mot d'*oublier* dans cette chambre un objet qui suffit à servir de base aux recherches. Là encore, là surtout, il importait d'agir avec prudence, de ne pas se livrer à un truquage grossier, facile à éventer: il fallait que l'objet *ait pu être oublié*... Coche prit son mouchoir et le

30

jeta au pied du lit, puis, se ravisant, le ramassa, et en vérifia la marque: Dans un coin, un M et un L entrelacés. Il réfléchit: M.L.?... Ce n'est pas à moi, puis sourit, se souvenant que les mouchoirs sont des objets d'échange, et que l'on peut presque compter le nombre de ses relations, par celui des mouchoirs dépareillés que l'on possède dans son armoire... Sa canne, un jonc à pomme d'argent, cadeau d'un parent revenu du Tonkin, était trop spéciale, trop personnelle...

Il regarda autour de lui, sur lui. Il ne portait pas de bague; les boutons de sa chemise étaient de porcelaine imitant la toile, de ces boutons que l'on trouve dans tous les bazars. Il y avait bien ses boutons de manchette, mais il y tenait, non pour leur valeur qui était minime, mais comme on tient à des bibelots portés depuis longtemps et qui deviennent de vieux amis. Et puis, on n'oublie pas des boutons de manchette... Il faut une secousse violente pour les arracher...

Il se frappa le front:

— Une secousse! Parfait! Qu'on ramasse l'un d'eux sur le tapis, on se dira: «Au cours de la lutte, la victime, accrochée aux bras de l'assassin, a déchiré les poignets de sa chemise, arraché la chaînette du bouton, et, dans sa fuite, le meurtrier ne s'est aperçu de rien. Il s'est sauvé, sans se douter qu'il laissait derrière lui cette pièce accusatrice.»

Ainsi tout est respecté, tout est vraisemblable!

Le poignet rabattu, il prit le bord intérieur de la manchette gauche entre ses doigts, saisit le bord extérieur de sa main droite restée libre, et d'un coup sec, fit sauter la chaînette qui tomba à terre avec une petite olive d'or portant en son centre une turquoise. L'autre moitié était restée engagée dans la boutonnière; il la mit dans la poche de son gilet. Mais, dans sa hâte à accomplir ce geste, il ne remarqua point qu'il avait du sang aux doigts, qu'il salissait sa chemise et son gilet blanc de taches rouges. De la poche intérieure de son habit, il retira une enveloppe à son nom, et la déchira en quatre morceaux inégaux.

L'un portait:

Monsieur On 22, R L'autre:

ési ue de

Le troisième:

E. V.

La quatrième:

Coche Douai

Ce dernier le désignant trop clairement, il le roula en une petite boulette qu'il avala. Avec les dents, il rogna, les deux premières lettres de son prénom inscrites sur le premier fragment: il restait trois petites coupures presque incompréhensibles, et qui, pourtant, reconstituées, complétées, pouvaient donner le nom du meurtrier supposé. Ce travail, si difficile qu'il fût, n'était pas impossible en somme. Sans livrer trop d'atouts à ses adversaires, beau joueur jusqu'au bout, il leur laissait la partie belle. Il jeta les trois petits papiers au hasard. L'un tomba sur la table, presque exactement au milieu. Les deux autres se collèrent au tapis. Pour être sûr qu'on ne les prendrait pas pour des débris de lettres appartenant à la victime, il ramassa les autres papiers épars, les plaça dans les tiroirs qu'il referma. Après quoi, ayant jeté un dernier coup d'oeil circulaire autour de la pièce pour s'assurer qu'il n'oubliait rien, il enfila son pardessus, lissa son chapeau d'un revers de manche, étendit deux des serviettes de toilette maculées sur la face du mort, dont les yeux, à présent vitreux et un peu aplatis, n'avaient plus de regard, éteignit l'électricité, sortit de la pièce, traversa le corridor à pas de loup, descendit l'escalier, et gagna le jardin.

Il eut soin en traversant l'allée, d'effacer tout à fait les traces de pas déjà brouillées par le vent, étala sur elles le sable jaune, et, marchant avec précaution, un de ses pieds seulement portant sur le sable, et l'autre sur la terre durcie d'une plate-bande, parvint à la porte, l'ouvrit, la referma, et se trouva enfin sur le trottoir. Des ombres immobiles s'étalaient tout le long du chemin. La nuit immense, impénétrable et douce était sans un murmure, sans parfum. Loin, très loin, un chien se mit à hurler à la lune. Soudain le silence se remplit d'une tristesse infinie. Coche se souvint d'une vieille servante qui jadis lui disait, lorsque les chiens, dans la campagne, pleuraient ainsi:

«C'est pour prévenir saint Pierre que l'âme d'un trépassé va frapper à la porte du paradis.»

Magie des souvenirs! Éternelle enfance des hommes. Il frissonna en évoquant le temps où tout petit, il cachait sa tête sous les draps pour ne pas entendre les grandes plaintes inconnues qui, la nuit, traversent les jardins, et retrouva pendant une seconde la douceur du baiser maternel tant de fois posé sur son front.

Puis tout se tut. Il consulta sa montre, elle marquait une heure du matin. Une dernière fois, il regarda la maison où il venait de vivre des minutes extraordinaires, revint jusqu'à la grille, écarta du bout de sa canne le lierre qui recouvrait le numéro et lut: 29.

Il répéta deux fois 2; 9! 2; 9, additionna les chiffres pour avoir un moyen mécanique de les retrouver, redit 9 et 2=11, chercha dans sa mémoire si quelque chiffre bien connu ne coïncidait pas avec celui-là et, se souvenant qu'il était né un 29, sûr de ne pas se tromper et de ne pas oublier, partit. Il arriva à l'extrémité du boulevard sans rencontrer personne. Il marchait du reste sans regarder autour de lui, trop énervé pour penser librement, essayant de classer ses souvenirs. Tout se brouillait, se confondait, à ce point qu'il ne voyait plus d'une façon précise quelle allait être sa ligne de conduite. Son existence devenait double, ou tout au moins très différente de ce qu'elle était une heure auparavant. Une hésitation, une fausse manoeuvre pouvait détruire ses projets. Innocent, et, volontairement suspect, les seules maladresses d'un coupable lui étaient permises.

Non loin du Trocadéro, il croisa un couple qui descendait l'avenue à pas lents. Quand il l'eut dépassé, il tourna la tête, et le regardant s'enfoncer dans la nuit, songea:

«Voilà des gens qui ne se doutent guère qu'un crime a été commis à quelques pas d'ici. En dehors des coupables, je suis le seul à le savoir.»

Il ressentit une espèce d'orgueil d'être seul détenteur d'un pareil secret. Combien de temps le conserverait-il? Quand s'apercevrait-on du meurtre? Si la victime, ainsi que tout le laissait supposer, vivait seule et n'avait ni bonne, ni femme de ménage, plusieurs jours pouvaient s'écouler avant que l'on remarquât son absence. Un matin, un fournisseur sonnerait à sa porte: ne recevant pas de réponse, il insisterait, entrerait. Une odeur épouvantable le prendrait à la gorge. Il monterait l'escalier de bois, pénétrerait dans la chambre et là!…

Ensuite, ce serait la fuite éperdue, les appels: «Au secours! À l'assassin!», la police sur pied, toute la presse acharnée à découvrir le coupable, le public passionné pour la cause célèbre qui fait en un seul jour monter le tirage des journaux, car le mystère entourant ce crime ne saurait manquer de lui donner une importance inaccoutumée. Pendant tout ce temps-là, lui, Coche, continuerait sa vie, vaquant à ses occupations, promenant son secret de place en place, avec la joie de l'avare qui garde dans sa poche, et tâte à chaque pas, la clé du coffre où sont enfermées ses valeurs. Jamais l'homme ne possède à un degré aussi élevé la conscience de sa force morale, de sa valeur, que dès l'instant où il détient une parcelle du mystère qui l'entoure. Mais, quelle lourde charge aussi, qu'un secret! De quel poids il pèse sur les épaules, et quelle tentation ne doit-on pas éprouver à tout instant de crier:

«Vous ignorez tous! Moi je sais.»

Plus d'une fois, en plein jour, il traverserait le boulevard Lannes, et s'offrirait cette satisfaction, voyant des gens passer, devant la maison du crime, de lever les yeux et de se dire:

«Derrière ces volets clos, il y a un homme assassiné.»

Et il songeait encore:

«Je n'aurais, pour affoler de curiosité tous ces êtres qui vont et viennent autour de moi, qu'à dire un mot… Ce mot, je ne le dirai pas. Je dois m'en remettre au hasard. Il m'a fait sortir de chez mon ami à l'heure qu'il fallait pour que je pusse connaître ces choses: il fixera la seconde précise où tout se découvrira.»

Tout en réfléchissant, il arriva devant un café. À travers la glace embuée, il distingua des hommes en train de jouer aux cartes, et, assise au comptoir la caissière assoupie. Un chat, couché en rond auprès du poêle, sommeillait. Un garçon, debout derrière les joueurs, suivait la partie, un autre dans un coin regardait un journal illustré.

Le vent piquait très fort. De ce café de petits bourgeois se dégageait une impression de calme tiède. Coche qui frissonnait un peu, de fatigue, d'émotion et de froid, entra et s'assit. Une sensation douce de chaleur le pénétra. Dans l'air où la fumée des pipes avait mis un nuage, une odeur de cuisine, de café et d'absinthe montait, accrue par la chaleur du poêle; cette odeur, que d'habitude il détestait, lui parut infiniment douce. Il demanda un café cognac, se frotta les mains, prit distraitement un journal du soir qui traînait sur un coin de table, le reposa brusquement, se leva et dit sans s'en rendre compte presque haut:

— Sapristi!...

Un des joueurs tourna la tête; le garçon arrêté devant la caisse, croyant qu'on l'appelait, s'empressa:

— Voilà, Monsieur.

Coche fit signe de la main:

— Non... Je ne vous appelais pas... Avez-vous le téléphone ici?

— Parfaitement, Monsieur. La porte à droite, et au fond du couloir.

— Merci.

Il se glissa entre deux tables, traversa le couloir, referma la porte sur lui et actionna l'appel. Il s'énerva parce qu'on tardait à répondre. Enfin, une sonnerie retentit. Il décrocha le récepteur et demanda:

— Allô. Le 115-92, ou 96?...

Il écouta les appels de bureau à bureau, les sonneries qui tapaient dans ses oreilles comme des petites baguettes sur un tambourin trop tendu. Une voix dit enfin:

— Allô. Qu'est-ce que vous désirez?

Il modifia sa voix:

— Je suis bien au 115— 92?

— Oui, Monsieur. Vous désirez?...

— Le journal *Le Monde*?

— Oui, Monsieur...

— Je désirerais parler au secrétaire de la rédaction.

Une autre voix passa dans l'appareil, celle de l'employé du Central qui demandait un numéro.

— Allô! Allô! fit Coche... laissez-nous, Monsieur, retirez-vous... Je cause... Allô! *Le Monde*?... Oui? Je voudrais parler au secrétaire de la rédaction.

— Ce n'est pas possible, il est à la composition, et on ne peut pas le déranger.

— C'est tout à fait urgent.

— Je vais voir, mais de la part de qui?...

— Diable, pensa Coche, je n'avais pas songé à cela. Mais il n'hésita pas:

— De la part du Directeur, Monsieur Chénard.

— C'est différent, Monsieur... Je vais prévenir. Ne quittez pas...

Par le téléphone arrivaient assourdis et mêlés, les bruits confus du journal: un vague ronflement, un froissement de papiers, tous les murmures que Coche connaissait bien pour les entendre depuis dix ans, toutes les nuits, à la même heure, lorsque, son service fini, il s'apprêtait à rentrer se coucher.

— Monsieur Chénard? fit le secrétaire de la rédaction un peu essoufflé...

— Non Monsieur, répondit Coche, changeant toujours sa voix, pardonnez-moi, je ne suis pas le Directeur de votre journal. J'ai pris son nom pour être sûr de vous joindre, car ce que j'ai à vous annoncer est de la plus haute importance et ne souffre aucun retard...

— Qui êtes-vous alors?

— Quand je vous aurai dit que je m'appelle Dupont ou Durand, cela ne vous apprendra rien, et n'aura servi qu'à vous faire perdre un temps précieux.

— Ça suffit comme plaisanterie...

— Pour Dieu, Monsieur, s'écria Coche en tapant du pied, ne raccrochez pas l'appareil! Je vous apporte une nouvelle sensationnelle, une nouvelle qu'aucun journal ne possédera demain, ni après-demain, si je ne la lui donne pas. Un mot avant tout: Est-ce que votre journal roule?

— Pas encore, mais il va rouler dans dix minutes. Vous voyez donc que je n'ai pas le temps...

— Il faut que vous ayez celui de faire sauter quelques lignes en *Dernière heure* et de les remplacer par celles que je vais vous dicter:

«Un crime effroyable vient d'être commis au numéro 29 du boulevard Lannes, dans une maison habitée par un vieillard d'une soixantaine d'années. La victime a été frappée d'un coup de couteau qui lui a sectionné la gorge de l'oreille au sternum. Le vol semble avoir été le mobile du crime.»

— Un instant, répétez l'adresse...

— 29, boulevard Lannes.

— Je vous remercie, mais qui me dit?... qu'est-ce qui me prouve?... Comment pouvez-vous savoir? Je ne peux pas publier une information pareille sans preuve... Le temps matériel me manque pour contrôler... Dites-moi quelque chose qui m'indique à quelle source vous avez puisé ce renseignement... Allô! Allô! ne quittez pas... répondez, Monsieur...

— Eh bien, fit Coche, admettez si vous voulez, que je suis l'assassin!... Mais laissez-moi vous dire ceci: j'achèterai le premier numéro du *Monde* qui sortira de vos presses, et, si je n'y trouve pas l'information que je vous transmets, je la passe au *Télégraphe*, votre concurrent. Après ça, vous vous arrangerez avec M. Chénard. Faites sauter six lignes, croyez-moi, et remplacez-les par les miennes...

— Encore un mot, Monsieur, depuis quand savez-vous?...

Coche raccrocha tout doucement le récepteur, quitta la cabine, rentra dans la salle, et se mit à boire son café à petites gorgées, en homme satisfait d'avoir mené à bonne fin une affaire. Après quoi, ayant payé avec un billet de banque, le seul qu'il possédât et qui figurait dans son portefeuille du 1er janvier au 31 décembre, pour «avoir l'air», il releva le col

de son pardessus, et sortit. Seulement, sur le pas de la porte,
il s'arrêta et se dit à lui-même:

«Coche, mon ami, tu es un grand journaliste!»

CHAPITRE III

LA DERNIERE MATINEE D'ONESIME COCHE, REPORTER

Pendant plus de cinq minutes, le secrétaire de la rédaction du Monde cria, trépigna, jura.

— Allô! Allô! Bon Dieu! Répondez!... Les brutes! Ils nous ont coupés! Allô! Allô!

Il raccrocha le récepteur et se mit à sonner avec rage.

— Allô Monsieur! Vous nous avez coupés!

— Pas du tout. On a dû replacer le récepteur.

— Alors, il y a erreur. Rappelez, je vous en prie...

Au bout d'un instant, une voix qui n'était plus celle de tout à l'heure, demanda:

— Allô. Vous demandez?

— C'est bien d'ici qu'on vient de téléphoner?

— On a en effet téléphoné il y a quelques minutes, mais je ne sais pas si c'est à vous...

— Voulez-vous avoir l'obligeance de me dire avec qui je cause?

— Avec le café Paul, place du Trocadéro.

— C'est bien cela. Dites à la personne qui parlait que j'ai un mot à ajouter.

— Impossible, Monsieur, cette personne vient de partir.

— Envoyez un garçon… Courez… je vous en prie…

— Pas moyen, Monsieur, nous fermons, et ce monsieur doit être loin, maintenant.

— Pourriez-vous me dire comment était ce monsieur?… Le connaissez-vous?… Est-ce un habitué de votre café?…

— Non, je le voyais pour la première fois… Pour ce qui est de vous le dépeindre, c'est un monsieur d'une trentaine d'années, brun, avec de petites moustaches… Je crois bien qu'il était en habit de soirée… Mais je n'y ai pas fait très attention.

— Merci, pardon de vous avoir dérangé…

— Il n'y a pas de quoi. Bonsoir, Monsieur.

— Bonsoir…

Le secrétaire de la rédaction demeura perplexe. Devait-il publier la nouvelle qu'on lui avait donnée, ou valait-il mieux attendre au lendemain? Si l'information était exacte, il serait désolant d'en laisser profiter un autre journal. Mais si elle était fausse?… Il fallait prendre sur la seconde une grande résolution.

Ayant bien réfléchi il esquissa un geste vague, supprima quelques lignes qui donnaient le texte des dernières injures déversées par les partis d'opposition à la Diète croate, et les remplaça par les suivantes:

42

«HORRIBLE TRAGÉDIE»

«Nous apprenons qu'un crime vient d'être découvert au numéro 29, du boulevard Lannes, dans une maison habitée par un vieillard. La victime a été littéralement égorgée par les meurtriers. Un de nos collaborateurs se rend sur les lieux.»

«Information de dernière heure sous toutes réserves.»

Quelques instants plus tard, les machines roulaient à toute vitesse, et à trois heures du matin, trois cent mille exemplaires partaient pour les diverses gares, emportant la nouvelle du «*Crime du boulevard Lannes*». À cinq heures moins le quart, la moitié de l'édition de Paris était faite. À ce moment le secrétaire de la rédaction qui n'avait pas quitté le journal regarda sa montre, fit appeler un garçon:

— Allez chez M. Onésime Coche, rue de Douai, et dites-lui de venir me parler immédiatement, pour une affaire tout à fait urgente.

«De cette façon, pensa-t-il, cet incorrigible Coche ne pourra pas colporter la nouvelle. Si elle est erronée, la mention *sous toutes réserves* me met à l'abri de tout reproche, et si elle est vraie, aucun confrère n'en profitera. Ah! si Coche était sérieux, je l'aurais fait prévenir sur l'heure. Mais fiez-vous donc à un garçon qui de la meilleure foi du monde, et avec les plus louables intentions aurait mis tout Paris au courant de l'affaire; à un être charmant mais irrégulier, sautillant, et qui trouve moyen de ne pas venir au journal, juste cette nuit! Il suffit qu'on ait besoin de lui pour ne pas l'avoir sous la main. Enfin...»

Puis satisfait d'avoir habilement solutionné la question, il alluma une pipe et se frotta les mains en murmurant:

«Mon ami, tu es un secrétaire de rédaction épatant.»

... Onésime Coche venait de s'endormir quand le garçon du *Monde* sonna à sa porte. Il s'éveilla en sursaut, prêta l'oreille, n'étant pas sur de n'avoir pas rêvé, mais au second coup de sonnette, il se mit sur son séant, et demanda:

— Qui est là?

— Jules, le garçon du *Monde*.

— Un moment, j'arrive.

Il alluma sa bougie, enfila son pantalon et ouvrit la porte, d'assez mauvaise humeur:

— Qu'est-ce qu'il y a de cassé, qu'est-ce qu'on me veut?

— M. Avyot vous fait dire de venir tout de suite.

— Ah! non! mais il rigole, M. Avyot! Il n'est pas cinq heures du matin!

— Pardon, Monsieur, il est 5 heures 20.

— 5 heures 20! C'est pas une heure pour faire sortir les gens de leur lit. Vous lui direz que vous ne m'avez pas trouvé... Bonsoir, Jules.

Et il le poussa vers la porte.

— Moi, je veux bien, fit le garçon. Seulement, je crois que c'est urgent tout de même, rapport à ça...

— Quoi ça?

Jules sortit de sa poche un journal encore humide, où l'encre trop fraîche s'étalait sous le doigt. Il le déplia à la troisième page, et désigna, tout en bas de la dernière heure, l'information ayant trait au crime du boulevard Lannes.

Tandis que Coche parcourait les lignes, il ajouta:

— C'est venu par téléphone au moment où nous allions rouler. Si c'est pas une blague, le rigolo qui a fait ça a gagné vingt-cinq francs dans sa nuit.

— Vingt-cinq francs?...

— Vous pensez bien qu'il n'a pas téléphoné ça qu'à nous. Il a fait son boniment, à tous les journaux du matin, et tout à l'heure il passera à la caisse et se fera reconnaître pour palper. Moi, je l'ai fait pour l'incendie du Bazar de la Charité. Je me trouvais devant... Seulement c'était pour les journaux du soir et il y en a juste deux qui paient...

— Parfaitement... Parfaitement, dit Coche en lui rendant son journal. Vous êtes un malin, Jules!...

Mais il pensait:

— Imbécile!

Puis il ajouta:

— Oui, c'est probablement ça, dites à M. Avyot que je viens. Le temps de m'habiller...

Resté seul, Coche se mit à rire. N'était-il pas drôle, en effet, qu'on vint lui annoncer, à lui, cette nouvelle? Sur le premier moment, il avait éprouvé une surprise réelle. Deux ou trois heures de sommeil lourd lui avaient fait oublier les émotions de la nuit. Il s'était demandé pendant un instant pourquoi on l'appelait, et n'avait compris que lorsque Jules avait déplié le journal. Décidément les choses allaient pour le mieux. Il avait craint qu'un autre ne fût mis sur cette affaire, ce qui eût un peu paralysé son action. Maintenant, il allait pouvoir jouer la partie à sa façon.

45

Tout en réfléchissant, il s'habillait. Comme il faisait froid dans la chambre sans feu, il prit une chemise de flanelle, des vêtements épais, et un gros pardessus d'automobile. Le chapeau sur la tête, il tâta ses poches, sentit ses clefs, son portefeuille, son bloc-notes et son stylographe. Il n'oubliait rien. En passant devant la loge du concierge, il demanda le cordon, et entendit une voix ensommeillée qui grognait derrière la vitre:

— Ça va bientôt finir cette nuit?...

Un cocher maraudait. Il le héla, donna l'adresse du *Monde*, et de nouveau, se prit à réfléchir.

La seule attitude possible était, pour le journal, celle de l'ignorance absolue. Un peu de mauvaise volonté même ne serait pas inutile. Une incrédulité à peine dissimulée ne messiérait point. De la sorte, il ôtait par avance tout soupçon, et laissait au secrétaire de la rédaction l'orgueil d'avoir vu juste. Il connaissait trop bien les hommes en général, et les journalistes en particulier, pour négliger cette vérité que, pour arriver à ses fins, il faut leur laisser une part de succès dans toute entreprise: c'est un courtage comme un autre. Avyot s'intéresserait d'autant plus à l'affaire qu'il pourrait dire à tout le monde:

— «J'ai eu du flair. Personne ne voulait me suivre. Coche prétendait que je m'étais laissé mettre dedans. Mais j'ai tenu bon. Je sentais que ce n'était pas un canard; on ne me la fait pas, je suis un vieux routier.»

La voiture s'était arrêtée. Il paya le cocher et monta rapidement à la rédaction. Le secrétaire l'attendait marchant de long en large dans son bureau. Dès qu'il l'aperçut, il s'écria:

— Vous voilà enfin! On vous cherche depuis une heure du
matin. Je ne sais où vous passez vos nuits — cela vous
regarde, d'ailleurs — mais franchement vous pourriez bien
monter au journal. On ne sait jamais où vous trouver...

— Chez moi, fit Coche le plus naturellement du monde. J'ai
dîné en ville, et à une heure du matin j'étais dans mon lit.
J'ai quitté le journal à sept heures et demi du soir, tout était
calme. Que s'est-il donc passé depuis qui ait nécessité ma
présence?

— Ceci: à deux heures du matin environ, j'ai été avisé qu'un
crime venait d'être commis boulevard Lannes.

— Fort bien, je saute en taxi-auto et je cours au
commissariat de police du quartier.

Le secrétaire lui mit la main sur l'épaule:

— Un moment! On y serait fort en peine de vous donner le
moindre renseignement, pour l'excellente raison qu'on
ignore ce dont il s'agit.

— Je ne saisis pas bien, fit Coche. On n'a pas connaissance
du crime au commissariat, et vous en êtes informé, vous?
Comment?

— Voyez, fit Avyot en lui tendant le journal.

Coche parcourut pour la seconde fois son information de
dernière heure, et parut la lire avec la plus grande attention.

— Diable, murmura-t-il, quand il eut fini. Voilà qui me
semble louche. Êtes-vous bien sûr de n'avoir pas été
mystifié?

— Si j'en étais absolument sûr, répliqua le secrétaire, je

47

n'aurais pas mis la mention «*sous toutes réserves...*»
Cependant — et son air devint mystérieux — j'ai de bonnes,
d'excellentes raisons de croire.

— Serait-il indiscret de vous demander ces raisons?...

— Indiscret?... Non... Mais inutile, tout au moins... Au
demeurant la situation, assez simple, peut se résumer en
quelques mots: Vérifier tout d'abord l'information. Ensuite,
étant les premiers et les seuls à l'avoir, profiter de nos vingt-
quatre heures d'avance sur les autres journaux pour pousser
notre enquête parallèlement à celle de la police. Je pense que
mon correspondant ne s'en tiendra pas à sa communication
de cette nuit, et que je le verrai sous peu, ne serait-ce que
pour toucher quelque argent...

— Croyez-vous? fit Coche.

— Je le crois, affirma le secrétaire.

— Peuh! murmura Coche.

— Mon cher, vous m'accorderez une certaine expérience
dans un métier que j'ai fait pendant vingt ans?...

— Âme naïve, songea Coche. Si tu le connaissais, ce
correspondant, comme tu serais étonné! Orgueilleux
maladroit, tu n'avais pas le ton si tranchant cette nuit quand
tu me suppliais... Non, il ne viendra pas frapper à la caisse,
ton informateur. Le louis que tu lui donnerais ne suffit pas à
son ambition; ton expérience est bien petite près de sa ruse.
Et, tout haut, il ajouta:

— Certes... Il n'en est pas moins vrai que tout cela est bien
bizarre, et que je me demande par quel bout il faut
commencer.

— C'est votre affaire. Assurez-vous d'abord de la véracité du fait, ensuite débrouillez-vous de façon à me donner quatre cents lignes avec photographies pour ce soir. Si vous vous en tirez bien, je demanderai pour vous au patron une augmentation de cinquante francs par mois.

— Je vous suis tout à fait obligé, fit le reporter.

Et à part lui il pensa:

«Si je m'en tire bien, ce que moi j'appelle bien m'en tirer, ce n'est pas de cinquante francs qu'il sera question, mon bonhomme! Le journal qui voudra Onésime Coche y mettra le prix. Nous traiterons en grand, à l'américaine!»

… Dehors le ciel se salissait de traînées pâles. Le jour prêt à venir mêlait ses reflets blancs à la lueur de la lampe. Les machines arrêtées, l'on n'entendait plus à la place de leur ronflement cadencé, que les murmures vagues, les bruits multiples et confus de la rue, coupés de temps en temps par l'appel sonore d'une trompe d'automobile. Un omnibus passa avec un grand fracas de roues et de vitres secouées. Onésime Coche se leva, prit un numéro du *Monde,* et le mit dans sa poche.

— Vous dites, boulevard Lannes, numéro?…

— 29. Ne commencez pas à avoir la tête ailleurs, ce n'est pas le moment.

— Oh! protesta Coche, soyez tranquille. Il est sept heures, je me mets en campagne.

— Et moi, je vais me coucher. J'ai bien gagné quelques heures de sommeil; je travaillais, moi, pendant que vous dormiez…

Coche détourna la tête pour ne pas laisser deviner le sourire qui plissait sa bouche, et la petite flamme qui passait dans ses yeux, puis sortit. Dans l'escalier, il croisa le garçon qui lui demanda:

— C'était bien pour ce que je vous ai montré?

— Exactement.

Il prit une voiture et dit au cocher:

— Avenue Henri-Martin. Au coin du boulevard Lannes.

Une espèce de pudeur, un scrupule inexplicable, l'empêcha de donner l'adresse exacte. Sans s'en rendre compte, il agissait comme un coupable, n'osant pas faire arrêter sa voiture devant la maison. Quoi de plus naturel pourtant? Il partait avec un mandat déterminé, au su et au vu de tout le monde. Mais il s'imagina qu'à l'énoncé de cette adresse «29, boulevard Lannes», le cocher le regarderait de côté. Sur les trottoirs, le long des devantures fermées, des gens passaient très vite. Il songea que cette nuit, qui s'en allait ainsi, laissant flotter autour de toutes choses une buée triste et très froide, était étrangement longue. Afin de mieux réfléchir, il se cala dans un coin, ferma les yeux, et remua mille pensées, mêlant à ses projets, la vision de la chambre du crime, et celle du café où il avait pris sa résolution définitive. Le petit jour dont il gardait derrière ses paupières closes le reflet triste, évoquait dans son esprit l'aube lugubre des matins d'exécution, et dans ce chaos de pensées se chevauchant et se mêlant, passaient dans un va-et-vient monotone les faces des deux rôdeurs et de la femme, le visage exsangue de l'assassiné, et surtout la main sanglante aux doigts énormes dont il avait lavé la trace sur le mur.

Il faisait grand jour quand la voiture s'arrêta. Onésime

50

Coche descendit le boulevard Lannes à pas lents. Une à une, les maisons s'éveillaient. Entre les volets brusquement ouverts et qui tapaient les murs, des formes apparaissaient, des visages encore lourds de sommeil. Sur la chaussée, très peu de monde. Une voiture d'épicier stationnait devant une porte. Un garçon boucher, son panier sous le bras, marchait en sifflotant. Un facteur sonnait à la grille d'un petit hôtel. Coche regarda le numéro de la maison et lut 17. Le boulevard était si différent le jour de ce qu'il était la nuit, qu'il était arrivé tout près de la maison du crime sans s'en apercevoir.

La journée s'annonçait froide, mais très belle. Derrière de petits nuages le soleil montait doucement à l'horizon, et mettait sur le sol très blanc, le long des murs chargés de lierre, sur les maisons aux toits pointus, une lumière jeune de printemps. Il ne restait plus rien des ombres de la nuit, et, pendant une seconde, tant le contraste était violent entre les deux aspects de cette rue, Coche se demanda s'il n'avait pas rêvé, si tout cela n'était pas un cauchemar. Il était plus de huit heures. Depuis longtemps, bien des gens avaient acheté le *Monde*, et personne ne semblait soupçonner le drame. Un gendarme qui remontait vers l'avenue lisait précisément le journal à la page où figurait la nouvelle. Coche pensa: «Ou bien j'ai rêvé toute cette histoire, ou bien il va voir, et alors, il s'arrêtera.»

Mais le gendarme passa son chemin.

— Voyons, voyons, murmura Coche, je ne suis pas fou; je ne divague pas. Ce qui existe dans ma pensée a bien existé réellement. J'ai bien longé ce trottoir cette nuit; je suis bien entré dans un jardin, j'ai bien vu un homme égorgé sur son lit; j'ai...

Il appuya sa main sur son front et ressentit près de la tempe une douleur assez vive. Il regarda sa main: un peu de sang rougissait le bout de ses doigts.

Alors, ce qui semblait obscur et confus se précisa. Il se souvint de la chute qu'il avait faite en entrant, de la blessure qu'il portait au front, et, comme il levait les yeux, il vit qu'il était arrivé devant le 29.

Tout était clos et silencieux. Dans le sable jaune, la trace de ses pas subsistait, plus nette encore sur le bord de la plate-bande, où son pied, foulant le gazon, avait effacé la gelée blanche, retombée depuis très légère sur la place où avait posé sa semelle. Il n'avait pas songé à ce détail, s'en réjouit, comme d'une aide que lui aurait apportée le hasard, et se mit à faire les cent pas devant la maison. Des gens allaient et venaient sur la route. Un ouvrier le regarda fixement, du moins il le crut ainsi. Il était inutile de prolonger cette station qui risquait d'attirer l'attention sur lui. Sait-on jamais comment un individu vous remarque, et, dans la suite vous reconnaît?

N'était-il pas plus piquant d'aller, lui, simple journaliste, trouver le Commissaire de police, et de lui mettre le journal sous les yeux?

Dans le même moment, deux fiacres arrivèrent et s'arrêtèrent à quelques pas de lui. Il en vit descendre plusieurs hommes, parmi lesquels il reconnut le Commissaire de police; quatre agents cyclistes suivaient. Ils rangèrent tours machines le long du petit mur, exactement à la place où quelques heures plus tôt il avait écarté le lierre pour lire le numéro.

Le Commissaire hésita une seconde devant la porte, tira la sonnette, et attendit.

Alors Coche, qu'il regardait depuis une seconde, s'avança, et dit avec son plus aimable sourire:

— Je ne pense pas qu'on vous ouvre, Monsieur. La maison est vide, ou tout au moins, vide de gens capables d'entendre votre appel...

— Qui êtes-vous, Monsieur? je ne vous demande rien, veuillez me laisser, je vous prie.

— En effet, poursuivit Coche en s'inclinant, j'aurais dû me présenter moi-même tout d'abord. Veuillez excuser cet oubli: Onésime Coche, du *Monde*. Voici ma carte, mon coupe-file...

— C'est différent, répliqua le Commissaire en lui rendant son salut, et je suis enchanté de vous rencontrer. Votre journal publie dans sa dernière heure une nouvelle qui m'a grandement surpris. Mais je crains qu'il ait accepté cette information bien à la légère...

— Croyez-vous, Monsieur? Nous nous entourons toujours de toutes les précautions nécessaires. Si le *Monde* a publié l'information dont il s'agit, cette information doit être vraie. Nous tirons à huit cent mille, nous ne sommes pas un journal à canards ou à scandales.

— Je sais. Pourtant, je me demande quelle enquête vous avez pu faire, étant donnée l'heure supposée de ce crime supposé, étant donné surtout que je n'en étais pas averti moi-même.

— La presse dispose de moyens d'investigations multiples...

— Hem... Hem... murmura le Commissaire incrédule, et il sonna une seconde fois.

— Au demeurant, poursuivit Coche, ne trouvez-vous pas surprenant que personne ne réponde?

— Pas le moins du monde. Il peut n'y avoir là qu'une simple coïncidence. Si cet hôtel n'est pas habité?...

— Oui... mais il est habité.

— Comment le savez-vous?

— Vous me permettrez, Monsieur le Commissaire, de me retrancher ici derrière le secret professionnel. Je serai enchanté de vous aider dans vos recherches, mais ne m'en demandez pas plus que je ne puis vous en dire.

— Pour être à ce point précis dans vos propos, avez-vous donc des certitudes?

— Quelque chose comme cela. Notre informateur était certainement très bien renseigné.

— Son nom?

— Voyous, Monsieur le Commissaire, vous me demandez de brûler un de mes hommes... Vous ne le feriez pas pour l'un des vôtres!...

Le Commissaire regarda Coche, droit dans les yeux:

— Si cependant je vous obligeais à parler?

— À moins de me mettre à la question — et encore — je ne vois pas par quel moyen vous pourriez me contraindre à dire ce que je veux taire. Mais, je tiens trop à rester en termes excellents avec vous pour envenimer cet entretien, et je préfère vous dire que j'ignore tout de mon correspondant: Son nom, son âge, son sexe, tout... tout... sauf l'accent de sincérité de sa voix, la précision de son information, l'autorité de sa parole.

— Je vous le répète, Monsieur, dès l'instant que le

Commissaire de police ignorait tout, seuls l'assassin ou sa victime pouvaient parler. Or, la victime, d'après vous serait morte... Ce serait donc l'assassin qui...

— Vous ai-je dit que ce n'était pas là ma pensée?...

— De mieux en mieux. Voilà, sur ma foi, l'assassin le plus fantaisiste qu'on ait jamais connu. Au cours de ma carrière déjà longue, j'ai rencontré des coupables extraordinaires, mais pareils à celui-là, jamais. Ma foi, s'il est de vos amis, Monsieur Coche, montrez-le moi.

— C'est que, murmura Coche, avec son éternel sourire, il ne partage sans doute pas votre désir. *Il* ne signifie, du reste, pas pour moi le coupable, mais mon informateur. Si je savais d'une façon certaine que ce fût lui le meurtrier, mon respect des Lois me commanderait de ne rien vous cacher. Mais, j'inclinerais plutôt à croire que nous sommes en présence d'un policier amateur, d'une rare perspicacité, du reste; un de ces détectives qui travaillent pour le plaisir, pour la gloire...

À ce moment, un agent s'approcha du Commissaire:

— Il n'y a pas d'entrée de l'autre côté. La maison est adossée à un immeuble habité, et la seule porte est celle où nous sommes.

— Alors, allons-y, fit le Commissaire. Le serrurier est là?... D'ailleurs, ce n'est pas la peine, la porte s'ouvre toute seule.

— Voyez-vous un inconvénient a ce que je vous accompagne demanda
Coche?

— Inconvénient n'est peut-être pas le mot. Vous comprendrez que je préfère, pour les premières constatations, s'il y a lieu d'en faire, être seul. Si légitime que

55

soit le désir du public d'être renseigné, celui de la justice de ne pas être entravée dans son action m'apparaît plus légitime encore.

Coche s'inclina.

— Au reste, poursuivit le Commissaire, je ne pense pas, agissant ainsi, faire tort à votre journal. Votre informateur si bien renseigné en sait sans doute aussi long que j'en saurai moi-même en quittant cette maison. Et si, d'aventure, j'estimais, dans l'intérêt de l'instruction, devoir vous taire quelques détails, il vous les fournirait aisément...

Coche se mordit les lèvres et songea:

«Tu as tort de jouer l'ironie avec moi. Nous causerons de tout cela, plus tard.»

Une chose, entre toutes, lui était insupportable: N'être pas pris au sérieux. Et, malgré qu'il fût certain — et pour cause — d'avoir la seconde manche, il s'irrita d'entendre qu'on lui parlait sur un ton persifleur.

Il regarda le Commissaire, son secrétaire et un inspecteur entrer dans la maison, haussa les épaules, et resta en faction devant la porte, afin d'être bien sûr que si lui n'entrait pas, du moins aucun confrère n'entrerait. Attirés par la présence des agents, par les allées et venues insolites, des gens s'étaient arrêtés. Des groupes se formaient où l'on se demandait ce qui pouvait bien être arrivé. Un homme expliqua la chose à sa façon: c'était une affaire politique, une perquisition; un autre, qui avait parcouru le *Monde*, rétablit les faits: Un meurtre avait été commis. Il donnait des détails, précisant l'heure, laissant entrevoir les causes ténébreuses de ce drame. Déjà, l'on reprochait à la police sa lenteur. Est-ce qu'au lieu d'immobiliser des agents devant la maison du crime, on ne ferait pas mieux de les lancer dans toutes les directions? de fouiller les bouges? Du reste, quoi d'étonnant à ce qu'un crime fût perpétré avec une pareille audace? Jamais de sergent de ville aux endroits dangereux! Les rues, passé minuit? Des coupe-gorges; et pour ne pas être protégés on payait des impôts plus lourds chaque année. Les agents, impassibles, prêtaient une oreille distraite à ces discours. Coche, sur le premier moment, s'en était amusé. Bientôt il n'écouta plus. Une curiosité impatiente le tenaillait. Par la pensée, à travers les murs, il suivait le Commissaire; il le devinait entrant dans le corridor, gravissant l'escalier, hésitant sur le palier du premier étage entre deux ou trois portes — à moins pourtant que des traces de sang qu'il n'aurait pas vues dans la nuit ne lui indiquassent le chemin. Il eut même une seconde d'émotion véritable: Si les assassins avaient marqué leur passage dans l'escalier, toute sa mise en scène devenait inutile. Mais, cette crainte l'abandonna vite. S'il en avait été ainsi, le Commissaire serait déjà entré dans la chambre, on aurait entendu un bruit de voix. Non. Là-haut, dans l'obscurité des pièces aux rideaux tirés, on avançait à tâtons. La fenêtre du couloir donnant sur le boulevard était protégée par un store épais; il l'avait tiré lui-même afin de n'être pas dérangé cette nuit.

Par-dessus tout cela, il retrouvait en lui l'odeur fade de cette chambre inondée de sang, le relent aigre des verres à demi remplis de vin rouge, il revoyait le grand trou noir de la glace crevée, et le corps effroyable aux yeux immenses, étendu en travers du lit.

Jamais il n'avait connu de minutes aussi violentes, jamais il n'avait pensé aussi vite.

Il regardait les quatre fenêtres, et se demandait:

— Laquelle est celle de la chambre à coucher? Laquelle

s'ouvrira la première?

Tout à coup, un remous se fit dans la foule assez considérable maintenant, suivi d'un grand silence au milieu duquel on entendit des volets claquer sur le mur. Entre les deux montants de la fenêtre ouverte, une tête apparut, puis disparut derrière les vitres refermées.

Coche regarda sa montre. Il était neuf heures et trois minutes.

À cet instant précis, la justice savait une partie de ce que lui savait depuis la nuit. Il avait exactement huit heures d'avance sur elle. Il s'agissait de ne pas les perdre, mais, avant tout, il importait de connaître l'impression première du Commissaire.

Cette première impression — qui, généralement, est la mauvaise — influe considérablement, sur la marche de l'instruction. Le mauvais policier part en aveugle sur la première piste venue, cherchant surtout à «faire vite»; le vrai limier, lui, sans se départir jamais de son calme, avance lentement, certain que le temps n'est jamais perdu quand il a été employé d'une façon judicieuse, et que la déduction la plus logique a moins de valeur que l'indice infiniment petit qu'on découvre toujours, lorsqu'on sait regarder.

Les curieux étaient venus en si grand nombre qu'on avait dû établir un service d'ordre. On avait dégagé les abords de la maison, et, dans un demi-cercle vide, Coche et quelques journalistes arrivés en hâte causaient avec animation.

Le représentant d'un journal du soir, un méridional ardent et parlant fort, s'irritait de ne rien savoir de précis. Il lui fallait absolument un papier pour midi, et il était près de dix heures! Coche, dont le journal avait, le premier et le seul, annoncé la nouvelle, était assailli de questions. Mais sa loquacité habituelle avait fait place à une réserve obstinée.

Il n'était au courant de rien. Il attendait, comme les autres. S'il avait eu la moindre indication, il se serait fait un plaisir de la passer aux confrères. Ne fait-on pas ainsi journellement, entre reporters, et n'est-ce pas le meilleur moyen de donner des renseignements nombreux et sûrs? Chacun glane ce qu'il peut. Bien qu' «Envoyé spécial» d'une feuille, on se partage la besogne, et la dépêche qu'on expédie n'est que le résumé, plus ou moins adroit de ce que chacun sait. Tout le monde y gagne, en somme, car on ne peut exiger d'un homme qu'il se trouve en dix endroits à la fois. Pour faire l'information tout seul, il faudrait disposer de sommes parfois considérables, de moyens de transport coûteux où impossibles à se procurer.

Tandis qu'à trois ou quatre qui s'entendent, on met les frais et les renseignements en commun. Enfin, pour donner à son papier une note personnelle, pour avoir l'air d'avoir dit quelque chose, on invente, on brode. Une rectification se produit-elle? On l'insère parce que la loi l'ordonne, mais en ayant bien soin de la faire suivre d'une courte note où l'on affirme — après avoir souligné le respect qu'on a du droit des individus — qu'on maintient formellement les termes de l'information produite la veille.

Et Coche, se défendant de rien savoir, insistait sur ce point, évoquant dix, vingt circonstances dans lesquelles, bon confrère, il n'avait jamais gardé par devers lui les renseignements qu'il tenait du hasard ou de son habileté.

Le journaliste du Midi approuvait ses paroles, tout en trépignant d'impatience. Les autres avaient le temps d'être calmes, parbleu! Il leur restait l'après-midi et la soirée pour aller aux nouvelles: lui, était pris de court.

Il ne comprenait pas qu'en ce moment le Commissaire pût avoir une préoccupation plus grave que celle-là.

… Le temps passait, et personne ne sortait toujours pas de la maison. Un des reporters émit l'avis qu'il faisait soif, et qu'on pourrait tout aussi bien attendre dans un café. Mais, dans ce sale quartier, où en trouver un?

— À cinq minutes d'ici, fit un curieux. Au bout du boulevard, prenez l'avenue Henri-Martin; il y en a un place du Trocadéro.

— Parfait, fit le méridional. Vous venez, Coche?

— Oh! moi, je ne peux pas, je ne peux pas tout de suite, du moins. Mais, allez-y, vous; si j'ai quelque chose, je vous préviendrai.

— Entendu, vous venez, les autres?

Coche regarda ses confrères partir, et se retrouva seul.

Il ne lui déplaisait pas de les voir s'éloigner. Depuis qu'ils étaient là, il sentait tout le poids de son secret. Vingt fois il avait été sur le point de laisser échapper un mot, une phrase. Il avait dû faire un effort très grand sur lui-même pour ne rien dire au confrère du Midi, sachant que le pauvre diable comptait peut- être sur son papier du soir, à quatre centimes la ligne, pour donner un à-compte à son restaurateur. Mais, quoi! Par une vaine pitié, par une sensiblerie de grisette, allait-il tout gâter, déflorer son information, risquer de perdre une partie si bien engagée?… Plus tard, il le dédommagerait. Pour l'instant, cette affaire était son affaire. La bonne camaraderie ne lui avait pas si bien réussi, qu'il lui sacrifiât une pareille chance de succès.

Petit à petit, il sentait l'énervement de l'attente l'envahir. Il était partagé entre la joie secrète de savoir la police en train de patauger, et la curiosité de connaître les détails de cette constatation. Entre temps, il écoutait les bavardages de la foule, essayant d'attraper un mot qui le renseignât sur l'identité de la victime, ses habitudes, sa façon de vivre. Car, il se trouvait dans cette situation bizarre, de connaître mieux que personne une partie de la vérité, la partie passionnante, terrible, mais d'ignorer, de la façon la plus absolue, cette chose que n'importe qui pouvait savoir: le nom de l'assassiné.

Des bribes de phrases qu'il entendait, il ressortait que personne n'était plus avancé que lui.

Des voisins racontaient que le vieillard sortait rarement, juste pour faire ses provisions; que, parfois, l'été, à la nuit close, il se promenait un peu dans son jardin, mais qu'il ne recevait jamais personne, faisant lui-même son ménage, menant une existence calme et mystérieuse, dont on avait cherché souvent, mais en vain, à en découvrir le secret.

Vers midi, le Commissaire, accompagné de son secrétaire et de l'inspecteur, sortit. Les trois hommes s'arrêtèrent dans le jardin, levèrent les yeux vers les fenêtres, s'approchèrent du mur, tout en parlant avec animation, puis se dirigèrent vers la grille. Au moment où ils allaient la franchir, Coche fit un pas:

— Eh bien, Monsieur le Commissaire?...

— Votre information était exacte...

— Maintenant que vos premières constatations sont faites, serait- il possible d'entrer, ne fût-ce qu'un moment?

— Ce serait tout à fait dénué d'intérêt, je vous assure. Je ne demande pas mieux que de faciliter votre tâche, et, si vous voulez m'accompagner jusqu'à mon bureau, en route je vous raconterai ce que j'ai vu, ce que je peux vous dire. J'ajoute que mon opinion est faite, et que les choses iront, je pense, rondement...

— Vous avez découvert des indices, relevé des traces?...

— Monsieur Coche, ne m'en demandez pas trop... Et vous, pendant tout ce temps, qu'avez-vous fait?

— J'ai réfléchi... j'ai écouté... j'ai regardé...

— Et c'est tout?

— À peu près...

— Vous voyez que si je ne disais rien, vous seriez fort en peine pour faire votre article de demain? Mais rassurez-vous, je vous en confierai plus qu'il n'en faut pour remplir deux colonnes.

— Eh bien, Monsieur le Commissaire, je ne veux pas être en reste avec vous. Au cours des trois heures que j'ai passées ici, j'ai, comme je vous le disais tout à l'heure, réfléchi, écouté et regardé. La réflexion, je l'avoue, ne m'a pas conduit à grand'chose; en écoutant, je n'ai pas recueilli de renseignements précieux. Mais en regardant... oh! en regardant!... Vous n'imaginez pas quelle acuité prend le sens de la vue quand il travaille seul. Ce qui nous gêne, la plupart du temps, ce qui paralyse l'effort de nos sens, c'est la distraction de l'un par l'autre. Il m'a toujours semblé, sinon impossible, du moins, très difficile, de percevoir nettement, en tirant un coup de fusil, le bruit de la détonation, le nuage de fumée, l'odeur de la poudre et la secousse de l'épaule. Mais, si je parvenais à fixer un seul de mes sens, celui de l'ouïe, par exemple, j'analyserais la détonation d'une façon parfaite. Dans ce bruit, simple en apparence, et violent, je

62

démêlerais presque les mille déflagrations des mille grains de poudre, le frisson que le plomb filant à toute vitesse fait passer dans les feuilles, et j'entendrais l'écho, à la seconde où il s'éveillerait dans les bois... Or, tout à l'heure, certain que je n'entendrais rien, que pas un murmure ne viendrait du dedans jusqu'à moi, que les conversations des badauds n'avaient pas plus d'importance que des bavardages de commères; fatigué de chercher à déchiffrer un mystère dont la clé était sans doute entre vos mains, j'ai regardé...

Le Commissaire qui, depuis un instant écoutait distraitement, ouvrit la bouche et commença:

— Mais...

Coche ne le laissa pas formuler sa phrase et, très naturellement, poursuivit:

— J'ai regardé, oh! regardé passionnément, furieusement, comme doit regarder un être qui n'a plus que le sens de la vue pour le guider; regardé comme regarde un sourd, comme écoute un aveugle. Toute mon intelligence, toute ma volonté de comprendre a passé dans mes yeux, et mes yeux travaillant seuls, sans le secours de mes autres sens, mes yeux ont vu une chose à laquelle vous n'avez pas, je crois, prêté la moindre attention, une chose qui peut être sans intérêt, comme elle peut être d'une importance capitale, une chose qu'il faut voir aujourd'hui, car elle aura sans doute disparu demain... ce soir... dans une heure...

— Et cette chose?

— Si vous voulez bien vous retourner, vous la distinguerez, non pas aussi bien que moi, car elle s'est effacée depuis une heure, mais assez cependant pour que vous regrettiez, j'en suis certain, de n'y avoir pas fait attention plus tôt. Cette chose c'est l'empreinte d'un pied marqué sur la terre, c'est cette petite tache qui se dessine dans le gazon, un peu plus sombre au milieu de la gelée blanche. Le soleil l'a quelque peu abîmée; tout à l'heure, elle était d'une netteté remarquable.

— Rentrons, fit vivement le Commissaire.

Coche, cette fois, le suivit. Quand il posa son pied sur le sable de l'allée, il éprouva une sensation indéfinissable d'orgueil et de peur. Machinalement il regarda l'empreinte et ses pieds. La trace allongée, étroite, ne ressemblait guère à celle que ses gros souliers américains venaient de faire sur le sol (il avait adopté pour le travail les chaussures à bout arrondi, à semelle débordante, mais ne portait, le soir, que des souliers très fins, étant fier de son pied cambré et délicat).

Penché sur le gazon, le Commissaire examinait cette empreinte. Le soleil maintenant haut dans le ciel avait crevé les nuages gris. De petits rayons de lumière doraient par place la couche mince de givre. L'un deux tomba directement sur l'empreinte.

— Un centimètre, un crayon, vite, fit le Commissaire, en tendant la main sans se retourner.

— Un crayon, voilà, fit le secrétaire. Mais je n'ai pas de centimètre.

— Qu'on coure m'en chercher un. Monsieur Coche, vous avez un appareil photographique?… Seriez-vous assez aimable pour me prendre un cliché de cette empreinte?

— Volontiers. Mais la photographie ne vous donnera qu'une image, une simple image, très petite, à laquelle manqueront les rapports avec les points de repère que vous pourriez établir sur le sol. Les clichés d'objets posés à terre sont très imparfaits; pour relever la position d'un corps, il faut des appareils spéciaux, très compliqués. Au reste, nous sommes arrivés bien tard... Le soleil fait fondre tout cela... Mon empreinte...

Il eut une hésitation imperceptible en prononçant ces deux mots:
«Mon empreinte» et, rectifia très vite:

... L'empreinte que j'avais remarquée devient de plus en plus vague... ses bords s'estompent, disparaissent... Dans une minute il n'en restera rien... Voyez, on ne distingue presque plus le talon... la semelle à son tour commence à fondre... diminue... C'est fini!... Quel dommage que vous ne soyez pas sorti quelques instants plus tôt!

Tout au fond de lui, il éprouva un soulagement réel et très grand. Pendant quelques minutes, il lui avait semblé — pure imagination du reste — que les trois hommes l'avaient dévisagé à la dérobée, comme si sous ses gros souliers ils avaient deviné le pied fin et petit, capable de laisser dans la gelée blanche du matin, l'empreinte que le soleil avait fait disparaître en un instant. Son but, pourtant, était bien de se faire soupçonner, arrêter même. Mais, plus ce but devenait proche, plus il s'efforçait, malgré lui, de l'éloigner.

La justice lui apparaissait comme une force redoutable, comme une bête aux cent bras qui ne rend pas volontiers sa proie. Puis, il sentait qu'il avait tout à gagner à rester maître de l'heure, à pouvoir choisir l'instant précis où il lui plairait de se laisser prendre. Pour bien connaître et bien juger tous les rouages de la police, il voulait en pouvoir suivre le jeu, en commander presque la marche, la ralentir ou l'accélérer à sa guise. Aussi, lorsque le Commissaire, pour ne pas laisser deviner son dépit, murmura:

— Après tout, peut-être, cette empreinte parvenait-elle de l'un de nous? Mon secrétaire qui était à ma gauche peut fort bien avoir posé le pied sur le gazon...

Coche se rangea à son avis, sans capituler tout à fait cependant.

Il n'était pas mauvais qu'un peu de trouble subsistât dans l'esprit du magistrat. Il sentait qu'en disant cela, le Commissaire masquait une partie de sa pensée, et que, sans tenir compte d'une façon apparente de cette empreinte, il ne pourrait s'empêcher, au cours de son enquête, d'en faire état. Il dit donc, d'un ton assez détaché:

— Autant que je puis l'affirmer, il me semble bien que personne de vous n'a marché sur la plate-bande. Pendant que vous traversiez le jardin, je vous suivais des yeux, et j'aurais remarqué, je crois... La seule chose dont je sois certain, c'est que cette empreinte était d'une netteté parfaite lorsque je l'ai vue pour la première fois. Maintenant, je vous le répète, de là à certifier qu'elle existât avant votre entrée dans l'allée... Le mieux en tout cas est de n'en point parler.

Cette dernière phrase acheva de rassurer le Commissaire. Il lui eût été désagréable qu'on pût lui reprocher d'avoir été moins perspicace qu'un journaliste. Cette faute pouvait nuire a son avancement, et, reconnaissant à Coche d'avoir deviné sa pensée, devancé ses désirs, il lui dit d'un ton presque amical:

— Montez en voiture avec moi. J'aurai le temps de vous donner quelques tuyaux.

— Je préférerais, fit Coche, le sentant un peu à sa discrétion, pénétrer avec vous, ne fût-ce qu'une minute, dans la chambre du crime. Les renseignements que vous me donnerez me seront précieux, sans aucun doute, mais qu'un confrère vienne dans une heure à votre commissariat, vous ne pourrez guère lui taire ce que vous m'aurez révélé.

«Tandis que, vous voyez, je suis seul journaliste avec vous. Les autres, perdant patience, sont partis, et, si vous accédez à mon désir, il vous sera facile de répondre à ceux qui se plaindraient d'avoir été moins favorisés que moi: «Il fallait être là...»

«Et puis, une chose vue prend une importance énorme aux yeux du lecteur. Quand bien même je ne resterais en présence du corps qu'une seconde, je pourrais en donner une impression bien plus violente.

— Si cela vous tient tant au coeur, suivez-moi donc. Nous ne ferons qu'entrer et sortir, mais du moins, vous aurez vu...

— Je n'en demande pas davantage.

Le petit groupe entra dans la maison. Le corridor que Coche avait exploré la nuit, à tâtons, lui parut très large. Il se l'imaginait étroit, avec des dalles grises, des murs nus et blancs.

Le carrelage était en briques rouges luisantes, le mur d'un vert tendre, était orné de vieilles gravures, d'armes, de bibelots anciens, et l'escalier, qu'il eût juré de bois vermoulu, était en pitchpin ciré. Tout, dans cette demeure, était propre et gai.

L'escalier gravi, il se reconnut mieux sur le palier, et, de lui-même, s'arrêta devant la porte. Il regretta cet arrêt involontaire, et se demanda:

«À la place du Commissaire, l'aurais-je remarqué?...»

Mais il n'eut pas le temps de réfléchir longuement. La porte s'était ouverte. Il fit un pas et s'arrêta, très ému.

Ce retour dans la chambre où il avait passé des minutes si effrayantes, était doublement impressionnant. En l'espace d'une seconde il déplora son projet de la veille, et la curiosité qui l'avait poussé à revoir ce spectacle. D'un geste machinal, sans oser regarder autour de lui, il se découvrit.

Chose étrange, lui qui n'avait pas craint de fouiller les papiers épars, de remuer les linges maculés de sang, de toucher même ce cadavre, à l'heure où tout était danger, où, ignorant des êtres et des lieux, il risquait sa vie pour un geste, pour un murmure, il tressaillit et retrouva en lui cette peur imprécise, inexplicable, et souveraine qui, la veille, l'avait étreint sur le boulevard solitaire, près du quartier de gendarmerie.

— Faites bien attention, lui dit le Commissaire. Ne touchez à rien… ne déplacez rien, même pas ce morceau de verre, là… sous votre pied… Rien n'est négligeable, en pareil cas… là… là… C'est un fragment de bouton de manchette… ça n'a probablement aucune importance… mais on ne sait jamais…

Coche n'était pas de ceux qui demeurent longtemps sous une impression pénible. À force de blaguer les autres, il en était arrivé à se blaguer lui-même, et la réflexion candide du Commissaire l'emplit d'une joie profonde. Ce bouton de manchette, sans importance!… Il réfléchit:

— Et si ce policier était de première force? S'il avait su démêler, au milieu de ce désordre, ce qui est vrai de ce qui est truqué? S'il lisait en moi, ironique à sa façon, s'amusant à me voir me donner tant de peine pour mal mentir?…

Le Commissaire reprit:

— Tout indique une lutte courte, mais désespérée... Cette
table déplacée, cette chaise brisée, la glace fendue, le corps
renversé sur le bord du lit... Regardez-le; vous ne trouverez
jamais face d'assassiné plus effrayante. Toute la scène du
meurtre est là, sur cette figure. Je la devine aux lèvres
retroussées, aux yeux révulsés; je la lis sur ces mains
agrippées aux draps... N'est-ce pas que c'est terrible? Vous
n'avez jamais rien vu de pareil, j'en suis sûr...

— Si, murmura Coche, se répondant à lui-même. J'ai vu, un
jour, un homme assassiné, mais assassiné depuis une heure,
une demi- heure à peine. À peine refroidi, il gardait comme
un souvenir de la vie dans les yeux. Il était étendu ainsi,
dans une mare de sang; la blessure qu'il portait était presque
identique... et cependant, il avait je ne sais quoi de plus
sinistre que celui- ci... Celui-ci, je le regarde sans peur,
comme je regarderais un visage de cire... C'est un mort,
simplement... Cette chambre est pareille à vingt autres
chambres... tandis qu'en contemplant l'autre... celui que j'ai
vu... autrefois... j'eus la sensation qu'il lui restait de
l'épouvante autour de la figure, entre les lèvres, devant les
yeux; la maison... une maison paisible et gaie comme celle-ci,
suait le meurtre, sentait le sang, le sang vivant, chaud et
fumant, pareil à celui qui coule entre les dalles des
abattoirs... Demain, dans huit jours, j'aurai oublié celui qui
est devant moi... L'autre... je garde son image et je sens que
je la garderai toujours...

Il avait parlé d'une voix sèche, appuyant les phrases,
crispant les doigts, à la fois tenaillé par une épouvante réelle,
et enivré par la volupté redoutable de se savoir au bord de
l'abîme et de penser:

«En ce moment, les mots que je dis n'ont de sens que pour
moi. Nul ne peut lire derrière la barrière infranchissable de
mon crâne, où dort toute la vérité! Je la tiens dans ma main,

comme un oiseau captif. J'entr'ouvre les doigts, et je la sens battre mes paumes, prête à m'échapper; je resserre mon étreinte, je l'étouffe, je la reprends... Je n'ai qu'un mot à dire... un geste à faire... Non... Je ne dirai pas ce mot... Je ne ferai pas ce geste...

— C'est curieux... j'aurais cru, fit le Commissaire. Moi qui, pourtant, ai l'habitude de ces sortes de spectacles, j'avoue que celui-ci m'a causé une émotion extraordinaire... Et... c'est à Paris que vous avez vu ce mort?...

— Oh non, en province, il y a longtemps, une dizaine d'années, balbutia Coche.

Et entendant que sa voix sonnait le mensonge, il ajouta, pour effacer l'impression bizarre causée par son récit:

— Je débutais, dans une petite feuille locale, du côté de Lyon... Le crime, assez banal, ne fit de bruit que dans la région... je me souviens qu'on n'en parla pas du tout dans les journaux de Paris.

Cette fois, il eut la sensation très nette que les trois hommes avaient les yeux fixés sur lui, et son angoisse fut si violente qu'il dut reculer d'un pas, et s'appuyer au mur pour ne pas fléchir sur ses jambes.

— Je crois, fit le Commissaire, que vous en avez vu assez pour faire votre article. Mais, que diable, vous qui avez de pareils souvenirs, vous devriez être un peu plus solide... Vous êtes effroyablement pâle...

— Oui... je sens... je dois, en effet, être très pâle... Brusquement, la tête m'a tourné... ce ne sera rien...

— Allons-nous-en, répondit le Commissaire en lui montrant le chemin, et, à mi-voix, il glissa à son secrétaire:

— Tous les mêmes, ces sacrés journalistes! Ils ont toujours vu «plus fort», et quand ils sont au pied du mur...

Coche n'entendit pas, mais voyant le Commissaire parler bas en le regardant de côté, convaincu qu'il s'était trahi par sa sortie maladroite et son insistance à donner des détails que personne ne lui demandait, il pensa:

— Déjà!... je ne suis qu'un maladroit!

En traversant la chambre, ses yeux se portèrent sur la glace. Son visage s'y reflétait à la place où il l'avait vu la veille; il lui sembla qu'il était bien plus pâle, qu'un cercle plus foncé se creusait au-dessous de ses yeux, qu'un rictus plus sinistre tordait sa bouche, et que sa face, enfin, était pareille à celle des condamnés à mort que le bourreau traîne sous le couteau.

Il ferma les yeux pour ne plus se voir, et sortit de la chambre les épaules serrées, les jambes raides, claquant des dents.

Il ne reprit son sang-froid que dans la rue. L'air frais qui lui fouettait le visage dissipa l'affreuse vision. Il sourit de sa terreur, et, assis dans le fiacre, s'écria:

— Décidément, j'ai perdu l'entraînement. Pardonnez-moi... J'ai été lamentable... au-dessous de tout...

— Peuh... manque d'habitude...

La voiture roulait doucement, secouée par le trot inégal du cheval poussif. La lumière, un instant plus vive sous la caresse du soleil frileux, commençait à s'éteindre. Une ombre grise descendait du ciel plus bas. La neige se mit à tomber, d'abord en une poussière fine, puis à gros flocons serrés et lourds qui descendaient verticalement dans le grand silence du boulevard désert.

Les deux hommes se taisaient, plongés dans leurs réflexions. Coche effaça du bout des doigts la buée du carreau et regarda le sol, les maisons et les flocons de neige. Il aurait bien voulu savoir ce que pensait le Commissaire, ce qu'il avait vu, ce qu'il croyait, mais, par une prudence excessive, il hésitait à parler le premier. Pourtant, se rendant compte que son mutisme pourrait sembler surprenant, il demanda:

— En somme, votre avis sur cette affaire, Monsieur le Commissaire? Est-ce le crime banal ayant le vol pour mobile, ou pensez-vous qu'on doive lui chercher des causes plus obscures, plus lointaines?...

— S'il faut vous donner ma pensée exacte, je vous dirai que, dès à présent, j'écarte le vol. Je ne prétends pas, bien entendu, que certains objets, des valeurs même, n'aient point disparu: je suis certain, tout au contraire, qu'on a soustrait des bibelots, de l'argent... Mais c'est pour *avoir* l'air.

— C'est-à-dire?...

— C'est-à-dire qu'on a tenté d'établir une mise en scène capable d'égarer la justice.

— Diable, songea Coche, serais-je tombé sur un Monsieur Lecoq en chair et en os? S'il en est ainsi, la veine ne veut pas de moi!

Et, tout haut, il ajouta:

— Hé! Hé! voilà qui est tout à fait intéressant! J'avoue que rien de ce que j'ai pu voir n'avait fait naître en moi un semblable soupçon. Ainsi posé, le problème apparaît singulièrement compliqué...

— Pour un esprit superficiel, oui... Pour moi, qui depuis vingt- trois ans ai pris l'habitude d'évoluer dans les milieux les plus divers, parmi les intrigues les plus savamment ourdies, il n'en va pas de même. Bref, s'il me fallait exprimer mon impression, je dirais:

«Un homme, parfaitement au courant des habitudes du vieillard, est entré dans la maison, s'est emparé de papiers capables ou de lui être utiles, ou de le compromettre...

— Ah bah, fit Coche, extraordinairement intéressé... Des papiers?... de simples papiers?... vous croyez?...

— J'en suis sûr. J'ai trouvé dans un tiroir plusieurs centaines de lettres, pêle-mêle. Elles n'avaient pas été placées ainsi par leur destinataire, j'en jurerais. L'assassin, après les avoir parcourues, après avoir fouillé les enveloppes, a vivement rejeté le tout en désordre. Trouva-t-il ce qu'il cherchait? L'enquête nous renseignera sans doute sur ce point... Le certain, c'est que, afin de faire croire au meurtre ayant le vol pour mobile, il s'est emparé de quelques pièces d'argenterie — le tiroir du buffet a été bousculé — et d'une somme d'argent qui devait se trouver dans un porte-monnaie ramassé par mon secrétaire derrière le lit. Je ne serais pas étonné que certains bijoux eussent été dérobés — toujours pour la raison que je vous exposais au commencement. Je puis vous le confier, puisqu'aussi bien, dans une heure, tous les bijoutiers de Paris, et demain tous les bijoutiers de France le sauront, j'ai trouvé par terre un fragment de bouton de manchette dit à chaînette qui appartenait vraisemblablement à la victime... Enfin, et ceci pour n'être qu'un argument psychologique n'en a pas une moindre valeur à mes yeux, l'ordre — si je puis m'exprimer ainsi — qui régnait dans le désordre; je ne sais quel souci de propreté, mêlé à l'horreur du massacre, me permettent d'affirmer que le crime est l'oeuvre d'un personnage appartenant à une classe plutôt élégante de la Société; que ce personnage est un être parfaitement équilibré, doué d'un rare sang-froid, et qu'il a agi seul... Je vous dirai encore... Mais je vous en ai déjà trop dit...

Coche avait écouté le Commissaire sans l'interrompre. Son inquiétude du début avait fait place à une satisfaction profonde. Son plan si vite établi, si rigoureusement exécuté, n'échouerait pas, il en était sûr maintenant. Bien plus, sa mise en scène suggérait à la police des idées auxquelles lui-même n'avait pas songé. On eût dit que le Commissaire compliquait les choses à plaisir, et qu'au lieu de déduire logiquement des faits un commencement de preuve, il s'efforçait de jouer la difficulté. Il n'était pas jusqu'aux choses les plus simples, qui ne prissent pour lui l'aspect d'indices sérieux. Parti sur une fausse piste, il ramenait à son idée première les faits les plus divers. Ayant écarté, dès la première minute, l'hypothèse d'un crime de rôdeurs — la seule véritable, et la plus plausible en tous cas — il interprétait tout en fonction de sa théorie personnelle. Au premier pas, sans hésitation, tête baissée, on était allé donner dans le piège que lui, Coche, avait tendu. Lorsque le Commissaire avait dit:

«On a imaginé une mise en scène capable d'égarer la Justice...»

Coche avait cru que le magistrat, doué d'une rare pénétration d'esprit, avait entrevu la vérité, alors qu'en réalité il l'entourait d'un nuage plus épais, la protégeait derrière une barrière plus infranchissable. Ainsi, non seulement sa ruse n'était pas soupçonnée, mais, par une extraordinaire transposition des faits, pour l'homme chargé de guider les premières recherches, tout ce qui avait semblé au journaliste devoir constituer un début de charges contre lui, n'était tenu que pour quantité négligeable. Cette interprétation lui parut si bouffonne qu'il voulut l'entendre formuler nettement, en des termes ne laissant place à aucune

74

équivoque.

— Si je vous comprends bien, l'assassin unique, l'homme du
monde meurtrier, a voulu faire croire à un crime de rôdeurs?
Il a essayé sans y parvenir de «faire» du désordre? Il n'a pas
volé, ainsi que l'aurait fait un professionnel du cambriolage.
Il a opéré seul, et a voulu faire croire qu'il avait des
complices.

— Exactement.

La voiture s'était arrêtée à la porte du commissariat. Coche
descendit le premier et tapa du pied pour se dégourdir les
jambes. Il était d'une humeur charmante, les choses
marchaient mieux qu'il n'aurait osé l'espérer. En quelques
heures, il avait recueilli plus de renseignements, il avait
entendu formuler plus d'erreurs qu'il ne lui en fallait pour
rédiger ses deux premiers articles. Il remercia le Commissaire,
et lui dit, très naturellement:

— Avec ce que vous m'avez confié, me voilà tranquille. Je
suis tout à votre disposition si je puis vous être utile en quoi
que ce soit...

— Je ne dis pas... à l'occasion...

— Un mot encore. Vous ne ferez pas état dans votre procès-
verbal de l'empreinte que je vous avais signalée dans le
jardin?...

— Mon Dieu non... puisqu'aussi bien je ne l'ai vue qu'à
peine...

— Juste, très juste... De mon côté, je n'en parlerai pas.
Allons, au revoir, Monsieur le Commissaire, et encore merci.

— Tout à votre disposition, et à bientôt j'espère?

— À bientôt.

— Et maintenant, songea Coche, à nous deux!

CHAPITRE IV

LA PREMIERE NUIT D'ONESIME COCHE, ASSASSIN

Au moment où Coche entra dans le café de la place du Trocadéro, le journaliste méridional demandait d'une voix de Stentor «La Générale», et, dédaigneux des vains efforts, des gestes inutiles, abattait d'un revers de main les cartes sur le tapis en disant:

— Vous ne tenez pas à jouer, n'est-ce pas?…

Mais, comme il prenait les soucoupes et les passait à son voisin de droite, il aperçut Coche, et s'écria:

— Des nouvelles?

— Sensationnelles, fit Coche en s'asseyant sur la banquette. Demandez du papier, de l'encre et écrivez, il y en a pour un instant. Vous arrangerez ça à votre façon. J'ai causé longuement avec le Commissaire. Il m'a donné tous les renseignements que je voulais, sauf un cependant, que j'ai omis de lui demander: le nom de la victime.

— Ça n'a pas d'importance. C'est un nommé Forget, un petit rentier qui habitait là depuis trois ans. Pour de plus amples détails, nous n'aurons qu'à passer tout à l'heure au Commissariat.

— Parfait. Eh bien, voilà.

Et il dicta sa conversation avec le Commissaire, insistant sur les moindres détails, soulignant les intonations, précisant les hypothèses. Mais il se garda bien de mentionner sa visite dans la chambre du crime, la trace de pas, et les invraisemblances qu'il avait relevées dans les déductions du magistrat. Cela était à lui, à lui seul. Au reste, nul n'aurait pu profiter de ces indications. Elles étaient sans valeur pour qui ne pouvait connaître le fond des choses.

Tout en dictant, il examinait la salle d'un oeil distrait. Au bout d'un moment il s'aperçut qu'il était dans le café d'où il avait téléphoné la veille; par un hasard curieux, il était assis à la même place. Il songea d'abord à détourner la tête afin de n'être pas reconnu, puis se dit qu'après tout, bien fin qui pourrait voir quoi que ce soit d'extraordinaire à ce qu'un consommateur de la nuit revînt le lendemain. Personne ne faisait attention à lui. La caissière rangeait ses petits plateaux de sucre, les garçons mettaient le couvert, et le patron, assis auprès du poêle, lisait tranquillement les journaux.

Il acheva donc son récit, répondit de la meilleure grâce du monde aux questions supplémentaires qu'on lui posa, avec la double satisfaction de permettre à des confrères de rédiger leur papier sans fatigue, et de garder pour lui le bénéfice de son reportage sensationnel.

Ils sortirent enfin. Les uns montèrent en voiture, le journaliste méridional se hâta vers le Métro. Quant à lui, prétextant des courses à faire dans le quartier, il s'en alla à pied, tout doucement, heureux d'être enfin seul, libre de penser, sans avoir la préoccupation constante de l'attitude à conserver, et des mots à ne pas dire.

Il déjeuna dans un restaurant de cochers, parcourut des journaux, revint vers le boulevard Lannes, gagna les fortifications, pris d'un besoin d'activité physique, énervé par la solitude, et par une crainte vague dont il ne démêla pas très exactement d'abord la raison. Il s'irrita, songeant que les vrais meurtriers, ceux dont on ne s'occupait guère, étaient peut-être plus tranquilles que lui en ce moment. Il marcha sur la route, prit les petits chemins glissants de la zone militaire, dévisageant les hommes et les femmes qui passaient, et soudain il sentit pour tous ces êtres aux faces sinistres, aux vêtements déchirés, une espèce de commisération attendrie, l'indulgence fraternelle que fait naître dans le coeur des hommes le sentiment des joies ou des fautes partagées.

Il ne se rendait pas très exactement compte de ce qu'il était lui- même. Le déguisement moral qu'il avait pris le gênait à peine. Il était à ce point résolu à détourner sur lui tous les soupçons, qu'il se sentait presque coupable!

Et ne l'était-il pas en effet? Sans lui, qui sait… on serait déjà sur les traces de l'assassin, et s'il avait parlé?…

Dans la chambre sinistre, il avait été sur le point de raconter sa rencontre, sa visite mystérieuse, et puis, réfléchissant à tout ce qu'il perdrait ainsi, il s'était tu. Maintenant il sentait quelque chose de formidable peser sur lui. Ne s'était-il pas fait, en quelque sorte, le complice des assassins? Un jour, demain peut- être, il lui faudrait répondre devant les juges de tout cela! Mais aussi, quel succès de journaliste! Quelle enquête! Quelles pages cinglantes à écrire! Les seuls crimes qui fussent capables de bouleverser sa conscience étaient les crimes contre les hommes: le crime contre les institutions et les lois, lesquelles ne sont, en somme, que la codification des préjugés, le laissait indifférent. Condamné à une amende ou à quelques jours de prison pour s'être moqué de la justice, il ne s'en estimerait pas moins, et il serait toujours temps, alors, de dire ce qu'il avait vu, ce qu'il savait, puisque aussi bien, il n'avait pas la moindre part de responsabilité dans la mort du pauvre vieux, et qu'à l'heure où il était entré dans la chambre tout était fini. Restait la vindicte publique... Mais qui sait, si pour l'avoir cette fois retardée, il n'allait pas lui donner une de ces leçons profitables qui font les hommes réfléchis, les lois plus sages, et les administrations plus intelligentes?...

À la nuit close, il se décida à rentrer chez lui. Le concierge en l'apercevant lui dit qu'on était venu deux fois du *Monde*, et qu'un monsieur qui n'avait pas voulu laisser son nom l'avait demandé. Il demanda des détails, et ne se souvint pas à qui pouvait correspondre le signalement du visiteur. En toute autre occasion, il se fût contenté de penser:

«Bah! il reviendra!...»

Il se borna cette fois à le dire, et s'énerva à chercher. Comme sept heures sonnaient, il ne prit pas le temps de monter jusqu'à son logement, et descendit au journal.

On l'y attendait avec impatience. Dès qu'il l'aperçut, le secrétaire de la rédaction se répandit en questions et en reproches:

«Depuis vingt-quatre heures son attitude était vraiment extraordinaire. On ne le voyait plus; il fallait courir après lui aux quatre coins de Paris. La veille, à l'heure du coup de téléphone, il avait été introuvable. Aujourd'hui, où l'on attendait son papier avec fièvre, il disparaissait depuis huit heures du matin. Il faisait perdre au *Monde* le bénéfice de son information sensationnelle. À cette heure, tous les journaux étaient aussi bien, sinon mieux informés que lui. Déjà les feuilles du soir publiaient sur le crime du boulevard Lannes des articles documentés de deux colonnes.»

Il brandit devant ses yeux le papier du *Méridional*:

— Voilà une interview du Commissaire de police! Ne venez donc pas me dire qu'il n'y avait pas moyen de se renseigner: Ceci a été écrit au plus tard à onze heures. À onze heures, vous, vous ne saviez rien!... Qu'est-ce que vous voulez? Tant pis je vais téléphoner à ce garçon-là de venir, et je le mettrai sur l'affaire.

Coche laissa passer l'orage sans répondre, puis se décida à parler:

— Voulez-vous me permettre?... Vous venez de dire que cet article a été écrit à onze heures?

— Parfaitement, onze heures et demie au plus tard... — Cet article a été écrit au plus tôt à midi et demi, une heure moins le quart...

— À une demi-heure près, ça n'a pas d'importance.

— Pardon! Cela en a une très grande...

— Comment savez-vous si exactement à quelle heure votre confrère a rédigé son papier?

— Parce que je le lui ai dicté... comme je l'ai du reste dicté à trois autres confrères de journaux du matin.

— Ça, par exemple, c'est plus fort que tout! Alors, l'interview du Commissaire, c'est vous qui l'avez eue, et pour faire le malin, pour jouer au bon camarade, bénévolement, vous l'avez passée à d'autres? Toute la presse aura demain ce qui ne devait être qu'à nous! C'est trop fort! ...

— Hélas, toute la presse ne l'aura pas, et je le regrette... Il n'y aura que quatre journaux, et ce ne sont pas les plus importants...

— Écoutez, Coche, il est tout à fait inutile d'éterniser une discussion semblable. Vous ne me paraissez pas être dans votre état normal. D'autre part, il ne m'est pas possible de compter sur un collaborateur aussi fantaisiste dans un cas aussi sérieux, alors que nous avons besoin d'une activité de tous les instants... L'histoire de l'interview que vous auriez eue et livrée, est-elle fausse, est-elle vraie? Je ne veux pas le savoir... J'ai d'ailleurs pris depuis quatre heures toutes mes mesures. Vous pouvez passer à la caisse où l'on vous réglera trois mois d'appointements. Nous n'avons plus besoin de vos services...

— Vous m'en voyez tout à fait ravi, Monsieur Avyot. Je me proposais justement de vous prévenir que je désirais reprendre ma liberté: vous me la rendez sans que je la demande; vous y ajoutez une indemnité d'un trimestre. Je n'en pouvais espérer autant... Je ne me sens pas très bien, en effet... Je suis fatigué, nerveux... J'ai besoin de repos, de solitude... Plus tard, quand je serai remis... je reviendrai vous voir... Pour le moment je vais partir... Où? Je ne sais pas encore... Mais l'air de Paris ne me vaut rien...

— Voilà une décision bien soudaine, fit le secrétaire de la rédaction. Hier vous vous portiez à merveille... Aujourd'hui vous vous sentez trop souffrant pour continuer à travailler... Ce que je vous ai dit tout à l'heure n'est pas irrévocable... il ne faut pas prendre la mouche, et, pour plastronner, répondre que vous aviez l'intention de nous quitter... Oublions ce que je vous ai dit et ce que vous m'avez répondu, et montez vite à votre bureau rédiger votre papier... Je vous connais assez pour être sûr que vous avez quelque chose à raconter... que vous êtes renseigné aussi bien, sinon mieux, que n'importe qui... Allons, mon petit, voilà qui est entendu.

Mais Coche hocha la tête:

— Non, non. Je pars… Il faut que je parte… Il le faut…

— Est-ce que, par hasard, vous nous lâcheriez pour entrer dans un autre journal, au moment où nous sommes embarqués dans une affaire aussi sensationnelle? Si vous vouliez une augmentation, il fallait le dire.

— Monsieur Avyot, je ne veux pas d'augmentation; je n'entre pas dans un autre journal… Je désire simplement reprendre, momentanément ou pour toujours — sur ce point les seuls événements peuvent me fixer — ma liberté…

Et d'une voix qui tremblait un peu il ajouta:

— Je vous donne ma parole d'honneur que je ne tenterai rien qui puisse porter atteinte aux intérêts du journal, et qu'il ne faut voir dans ma résolution aucune des manoeuvres que vous paraissez soupçonner. Quittons-nous bons amis, voulez-vous?… Un mot encore. Comme j'ai besoin d'un grand repos, d'un isolement absolu; comme je veux vivre à l'écart de tous les bruits de Paris, des questions des indifférents ou de la sollicitude des amis, mais comme il me déplairait, d'autre part, que mon départ ressemblât à une fuite, gardez par devers vous les lettres qui pourraient arriver ici à mon nom. Ne les laissez pas dans ma case: on s'étonnerait que je n'aie point donné d'instructions pour qu'elles me suivent… À mon retour, vous me remettrez tout cela…

— Votre décision est irrévocable?

— Irrévocable.

— Je ne vous demande pas, bien entendu, où vous allez, mais vous pouvez toujours me dire quand vous partez?

— Ce soir même.

— Et quand pensez-vous revenir?...

Coche esquissa un geste vague:

— Je ne sais pas...

Puis, ayant serré la main au secrétaire de rédaction, il sortit.

Dans la rue, perdu parmi les passants, se faufilant entre les fiacres, marchant vite, il poussa un soupir de soulagement.

Quelques minutes lui avaient suffi pour établir tout son plan de bataille. En entrant au journal, il était agité, préoccupé. Depuis la veille, les événements s'étaient succédé avec une rapidité telle qu'il n'avait pas eu le temps de songer d'une façon définitive à l'attitude qu'il lui convenait de prendre. Son but était, sinon d'égarer la police, du moins de la faire hésiter, de l'attirer vers lui, sans effort apparent, et de l'occuper à ce point qu'elle finît par regarder de son côté, par voir en lui le coupable possible, et, en fin de compte, par l'arrêter.

Or, pour arriver à ce résultat, il avait besoin d'être libre, de n'être retenu par rien, de pouvoir au gré de son caprice, modifier sa vie, ses habitudes, enfin de n'être attaché à personne. Collaborateur au *Monde*, il ne pouvait pas publier ce qu'il savait, sous sa signature. Et, l'eût-il publié, ses phrases n'auraient eu d'autre valeur qu'une opinion de journaliste. Enfin, était-il logique qu'un homme se fît l'historien d'un meurtre dont il devait être accusé?

De plus, une pareille épreuve ne pouvait avoir une durée indéfinie. Lancée sur une fausse piste, la police pouvait fort bien s'entêter, ne rien trouver, et finalement classer l'affaire. Alors, à moins d'en arriver à la dénonciation anonyme et précise, lui, Coche, ne serait pas inquiété, et cela, il ne le voulait à aucun prix.

Il hésita sur le point de savoir s'il rentrerait chez lui, et décida de ne plus reparaître dans sa maison. Il avait en poche un millier de francs, l'indemnité qu'il avait touchée au *Monde*. C'était plus qu'il ne lui en fallait pour vivre pendant quelques semaines. Son existence serait, du reste, peu coûteuse: Une chambre dans un quartier éloigné, des repas dans de petits restaurants; quant aux sorties, elles se réduiraient forcément au minimum. De ce côté-là, il se trouvait parfaitement tranquille. Son départ précipité prendrait, le jour où les soupçons se dirigeraient sur lui, l'aspect d'une fuite, et les déductions que l'on ne manquerait pas de tirer de cette coïncidence entre sa fuite et la découverte du crime, donneraient une étrange force aux présomptions qu'on aurait contre lui.

Vers dix heures, il songea que le moment était venu de faire choix d'un gîte pour la nuit. Il pensa un instant à Montmartre. Quoi de plus simple que de passer inaperçu dans ce quartier vivant, grouillant, parmi les fêtards, les artistes et les individus louches qui s'y promènent nuit et jour? Mais, de la place Blanche à la place Clichy, de la place Saint-Georges à la rue Caulaincourt, il risquait à chaque pas de rencontrer un camarade.

La Villette et Belleville lui offraient l'abri de leur population remuante, mais la police y faisait des incursions trop fréquentes, et, sans être poltron, il préférait un quartier où l'on jouât moins du couteau. Il se souvint du temps, où, jeune journaliste, il avait voulu vivre la vie du quartier latin, au milieu des étudiants qu'il imaginait pareils aux héros de Murger. Il avait eu, dans le haut de la rue Gay-Lussac, une pauvre chambre meublée d'un lit de fer, d'une table qui servait à la fois de toilette et de table à écrire, et de sa grosse malle de bois.

Il ne lui déplaisait pas de se retrouver pour quelques jours dans ce coin de la capitale où, débutant, marchant à la conquête de Paris, il avait vécu des jours d'illusion et d'enthousiasme.

Sans compter qu'au quartier, ou dans les environs, il serait à la fois assez près du Centre pour connaître tous les bruits, et assez loin, pour que l'idée ne vint à personne de l'y chercher.

Le boulevard Saint-Michel rempli de lumière et de gaieté l'amusa. Il entra dans un café près du Luxembourg, et mangea un sandwich, pour tromper sa faim. Ensuite, il parcourut les journaux du soir.

Le *Temps*, le grave *Temps* lui-même, consacrait près de deux cents lignes en sa dernière heure de quatrième page, au crime du boulevard Lannes. À bien réfléchir, ce meurtre n'avait rien que de banal. Chaque jour, à Paris, on en découvrait de semblables, et, sauf l'été, où les journaux à court de nouvelles se rattrapent sur ce qu'ils peuvent, on leur consacrait quelques lignes, en mauvaise place, avec un titre très modeste et tout était dit.

Or, par un phénomène bizarre, ce crime du boulevard Lannes prenait, dès le premier jour, l'allure d'une affaire sensationnelle. On eût dit qu'un instinct extraordinaire avait averti les gens qu'il cachait quelque chose de neuf, d'imprévu. Et, par une coïncidence plus surprenante encore, les événements s'étaient présentés d'une façon telle que Coche n'aurait pas osé les souhaiter aussi favorables à ses projets, et qu'il allait pouvoir, invisible et présent, les suivre, les critiquer, et presque les modifier à sa guise...

Il lut avec la plus grande attention les articles reproduisant son interview du Commissaire, et sourit, retrouvant ses propres phrases, des réflexions qu'il avait faites et des questions qu'il avait posées.

«Demain, se dit-il, j'entrerai en campagne.»

Sa consommation achevée, il sortit, remonta la rue Saint-Jacques, et arrêta une chambre dans un hôtel. De sa fenêtre, il voyait la rue et la grande cour du Val-de-Grâce avec son admirable chapelle et son grand escalier.

Il demeura quelques instants le front appuyé à la vitre, repris par mille souvenirs d'autrefois, regrettant presque son audace, et la tranquillité monotone qu'il goûtait depuis des mois. Il se souvint d'avoir fait des réflexions analogues un jour, au moment de commencer une conférence qu'il n'avait pas préparée. En s'asseyant devant la table au tapis vert, il s'était dit, comme aujourd'hui:

«Quelle idée tu as eue de te lancer là-dedans! Quel besoin de te créer ces petites angoisses! À cette heure, tu pourrais être paisiblement chez toi, au lieu d'affronter le public, la critique...»

Mais bientôt, il rejeta loin de lui cette pensée amollissante.

Il laissa tomber le rideau, quitta la fenêtre, et s'assit près du feu dont la flamme faisait danser le long des murs des lumières et des ombres.

Les jambes allongées, gagné par la tiédeur du foyer, et la douceur de toutes choses, libre, inconnu dans ce quartier de Paris où il avait jadis vécu, il pensa, non plus en rêveur, mais avec calme, avec méthode. Il refit pour lui seul l'histoire des vingt-quatre heures qui venaient de s'écouler, relut les notes qu'il avait prises à la hâte, déchira les papiers qu'il avait dans ses poches, et les jeta au feu. Après quoi, il se dévêtit, se mit au lit, et, bien au chaud, déjà gagné par le sommeil, songea:

«Lequel dormira mieux cette nuit, du coupable qui n'a rien à craindre provisoirement de la police, ou de l'innocent qui souhaite tout en redouter?...»

CHAPITRE V

QUELQUES POINTS DE DETAIL

Lorsque Coche s'éveilla, il faisait grand jour, ce grand jour d'hiver qui semble traîner avec lui encore un peu de crépuscule. Il s'habilla rapidement, pressé de lire les journaux. Comme il passait devant le bureau de l'hôtel, le gérant l'appela:

— C'est pour la petite formalité du registre de police...

Le seul mot de «police» le fit tressaillir. Pourtant, il répondit du ton le plus naturel:

— Le registre de police... quoi donc?

— Nous sommes obligés de tenir exactement un livre où nous notons le nom, la profession, la date d'entrée des voyageurs. Bien souvent la précaution est inutile, surtout dans une maison calme comme la nôtre. Mais, est-ce qu'on sait jamais? Avec tous ces attentats, tous ces crimes... Voyez le crime du boulevard Lannes.

Du coup Coche se sentit devenir pâle. Il regarda l'homme fixement, les lèvres entr'ouvertes pour interroger — l'imprudent! — presque pour protester. Mais l'homme se pencha, fouilla dans un casier, et relevant la tête, après avoir déposé le registre grand ouvert sur son bureau, montra une figure souriante qui rassura tout aussitôt le journaliste. Il indiqua du doigt une ligne où était déjà inscrite une date.

— C'est ici, Monsieur, vous n'avez qu'à remplir... Votre nom, votre profession, l'endroit d'où vous venez.

Et pendant que Coche écrivait, il ajouta, poursuivant les détails qu'il avait donnés tout d'abord:

— Chez nous, rive gauche, ce n'est pas tant rapport aux malfaiteurs que la préfecture se montre stricte, que rapport aux crimes politiques, aux réfugiés russes, aux nihilistes... Nous en sommes infestés, ce n'est pas agréable de loger des gens qui se promènent avec des bombes et risquent de faire sauter toute la maison...

— Évidemment, fit Coche, en lui rendant son porte-plume.

Et il songea:

«Si avec ce bavard imbécile je ne suis pas pisté avant quarante- huit heures, c'est que j'aurai le diable contre moi.»

Il sortit, le gérant l'arrêta encore:

— Pour rentrer le soir, vous n'avez qu'à sonner trois fois. Votre clé sera accrochée sous votre bougeoir.

— Merci, répondit Coche.

Sans savoir pourquoi, il resta quelques secondes sur le pas de la porte, regardant à droite et à gauche, dans la rue, avec cette hésitation curieuse des gens qui n'attendent rien, et ne bougent pas cependant, pour se donner une contenance.

L'homme s'étant remis à sa table, parcourut son registre et lut:

«Farcy, rentier, venant de Versailles.»

Il leva les yeux, examina la silhouette de son voyageur, et murmura:

«Toi, tu es rentier comme moi, mon bon homme. Je m'y connais en figures...»

Mais comme Coche rendu plus nerveux par tous les événements de la veille, se détournait, gêné par ce regard qu'il sentait peser sur lui, il lui adressa son plus engageant sourire, et poursuivant sa réflexion, ajouta:

«Ça m'est, du reste, totalement indifférent, pourvu qu'il paye régulièrement.»

Réflexion qui en fit naître une autre dans son esprit. Ce voyageur était arrivé sans bagages. Rien ne garantissait donc son retour. Coche avait fait un pas, il le rappela:

— Monsieur Farcy!... Monsieur Farcy...

M. Farcy ne venant pas, il courut jusqu'à la porte et appela de nouveau.

— Monsieur Farcy! Monsieur!

Coche avait fort bien entendu le premier appel, mais n'y avait pas prêté la moindre attention. Ce nom de Farcy qu'il avait inscrit au hasard, quelques minutes avant, lui était à ce point étranger, que ce fut seulement, en l'entendant crier avec insistance, qu'il se souvint que c'était son nom. Une réelle gêne l'avait d'ailleurs envahi depuis qu'il avait quitté sa chambre, depuis que — sans aucune intention, évidemment — l'hôtelier avait parlé du crime du boulevard Lannes. Il se retourna donc, d'assez méchante humeur.

— Qu'est-ce que c'est encore?

— Monsieur, il est d'usage, j'avais oublié de vous le dire, de payer la location d'avance, pour la première semaine, tout au moins.

— C'est trop juste, répondit Coche, en revenant sur ses pas.

Il paya donc, décidé à ne pas coucher là le soir. On ne manquerait pas, dans la suite, de voir là un indice sinon de sa culpabilité, du moins de son désir de n'être pas reconnu.

En même temps, et par une contradiction bizarre, il éprouva, plus intense encore que la veille, une sensation de malaise. À peine s'il avait endossé depuis quelques heures la défroque de son nouveau personnage, et déjà il en était oppressé. Il sentait remuer autour de lui une foule de choses imprécises; il devinait la mise en marche hésitante d'abord, puis plus brutale, de cette machine énorme, maladroite parfois, redoutable toujours, qui a nom «La Justice». Il était un peu comme un oiseau qui verrait tomber sur lui, lentement, de très haut, un filet gigantesque, dont les mailles se resserreraient à tout instant, et qui pourrait comprendre que c'est le piège inévitable destiné à tomber finalement sur lui.

Il réfléchit qu'en dehors de la scène terrible de la nuit, il n'avait rien fait, et que le temps passait; qu'il était nécessaire d'agir, et qu'il ne devait pas, s'étant engagé délibérément dans cette voie, attendre tout du hasard. Il n'ignorait point les erreurs des enquêtes de police, mais n'allait pas jusqu'à les croire si certaines qu'il n'eût qu'à les attendre patiemment. Son départ du *Monde* pouvait servir de base à un vague soupçon: il importait de préciser sa culpabilité apparente.

Il lut, tout en marchant, plusieurs journaux. Tous étaient remplis de détails futiles ou faux sur le *crime*. Déjà, quelques-uns annonçaient que la police tenait une piste sérieuse. Cela le fit sourire. Au *Monde*, un nommé Béjut, la veille encore chargé de la Chambre des Députés, avait pris sa succession. Sans doute, s'autorisant de l'information sensationnelle parue dans le journal, il avait revu le Commissaire de police, car il précisait avec une autorité où l'on devinait le «renseignement puisé à la bonne source».

Quand il eut fini sa lecture, Coche replia les journaux, et les mit dans la poche de son pardessus.

«Ainsi, pensa-t-il, il a suffi de deux ou trois meubles déplacés, de ma mise en scène maladroite, pour tout fausser! Ainsi la police qui est payée pour avoir du flair, se laisse prendre au premier appeau placé sur son passage! Ainsi, à côté de tout ce qui aurait dû avoir un poids réel dans la balance, à côté de la disparition de l'argenterie, à côté de la position même du cadavre qui indiquait avec une effrayante netteté que le crime a été commis au moins par deux hommes, on n'a vu que mon pauvre bouton de manchette, et là-dessus, on a bâti tout un roman! Et il ne se trouve pas dans la presse un seul homme capable de démêler ce qu'il y a d'arbitraire, d'absurde, dans les déductions de la police! J'ai vraiment la partie belle!...»

Ensuite, il se demanda:

«Que font les vrais coupables en ce moment? Ils ont probablement trouvé un receleur pour écouler les objets volés, puis ils ont quitté leur gîte habituel, roulent d'auberges en cabarets louches.»

Cette première réflexion lui en suggéra une nouvelle:

«Le vin rend bavards les plus prudents. Les escarpes, les assassins ont un orgueil du crime qui les pousse à parler sans mesure de leurs méfaits. Pour peu que je tarde, qui sait si les miens n'auront pas commis la bêtise inévitable, avant que j'aie attiré l'attention de mon côté? Il n'y a pas une minute à perdre.»

Il déjeuna rapidement, et se retrouva dans la rue vers une heure. Jusqu'à quatre heures, rien à faire. Tous les journaux, sauf ceux du soir, somnolent dans l'après-midi. Avyot n'arrivait au *Monde* que vers cinq heures. D'ici là il fallait tuer le temps.

Jamais les heures de la journée ne lui avaient paru aussi longues. Il entra dans un café, commanda une consommation qu'il ne but pas, sortit de nouveau, rôda à l'aventure, attendant la nuit. Enfin, des lumières s'allumèrent à la devanture des magasins. Le crépuscule arriva, puis la petite obscurité, la grande nuit...

Il était dans le quartier de l'École Militaire. Là, du moins, il était sûr de ne rencontrer personne. Depuis qu'il s'y promenait, il éprouvait la sensation d'être dans une autre ville. Il entendit sonner cinq heures. À partir de maintenant, tous ses actes devaient être réglés, coordonnés en vue du but à atteindre, c'est- à-dire, de sa propre arrestation. Se dénoncer lui-même, il n'y songea pas un instant. Il voulait montrer la routine de la police, son manque de clairvoyance. Il importait donc que son arrestation vînt d'elle. Ainsi, il indiquerait clairement avec quelle légèreté on se lance sur une piste, avec quelle ténacité irréfléchie on la suit, et surtout avec quel entêtement on y reste attaché, contre toute évidence. Le triomphe serait de donner du crime la version exacte, et de voir comment ses indications seraient négligées.

Il pénétra donc dans un bureau de poste et demanda une communication téléphonique avec le *Monde*. Ainsi qu'il l'avait fait dans le petit café de la place du Trocadéro il changea sa voix et pria qu'on le mît en rapport avec le secrétaire de la rédaction pour communication urgente. Il ne laissa pas à Avyot le temps de l'interroger, et lui dit:

— Monsieur, je suis votre correspondant de la nuit dernière.
C'est moi qui vous ai annoncé le crime du boulevard
Lannes.
J'étais, vous en avez eu la preuve, bien informé, et je viens
vous
apporter quelques nouveaux détails.

— Je vous remercie, mais je désirerais savoir à qui...

— À qui vous parlez? Voilà qui est parfaitement inutile. Mes
renseignements sont bons, je vous les donne pour rien, que
pouvez- vous souhaiter de plus? Vous ne saurez rien de moi,
jusqu'à nouvel ordre. Maintenant, si cela ne vous va pas, je
peux m'adresser ailleurs...

— N'en faites rien, protesta Avyot. Je vous écoute.

— Sachez alors, que la police fait fausse route, que rien n'est
vrai de tout ce qui a été publié depuis deux jours. Il ne faut
pas assigner au crime de motifs obscurs: c'est un meurtre
banal, dont le mobile, le seul mobile, fut le vol. Quant aux
déductions du Commissaire de police, pure oeuvre
d'imagination. Menez votre enquête vous-même, si vous
voulez découvrir la vérité. Dites surtout à votre rédacteur de
ne pas se laisser aller à raconter tout ce qu'on lui dit.

— Encore une fois, Monsieur...

— Ne m'interrompez pas: peut-être ai-je de graves raisons
pour vous dévoiler des choses que je suis seul à connaître...
Conseillez à la Justice d'abandonner la piste qu'elle suit.
Affirmez, et maintenez malgré toutes les apparences, toutes
les rectifications possibles, que les coupables...

— Vous dites?

— *Les coupables* ; vous avez bien entendu. Demandez dans votre article si l'on est sûr de n'avoir relevé dans le jardin aucune trace de pas. Je vous en ai dit assez aujourd'hui. Pour le reste, je demeurerai en relations avec vous. Suivant que les événements prendront telle ou telle tournure, je vous donnerai de nouveaux détails... Un mot encore: Ne parlez à personne de votre correspondant mystérieux, et sur ce, Monsieur, j'ai bien l'honneur...

Coche raccrocha le récepteur, et se dirigea vers la porte.

Lorsque le Commissaire de police lut, le lendemain, l'article du *Monde*, il commença par sourire. Mais en arrivant aux dernières lignes, il fronça les sourcils et jeta le journal avec colère.

Malgré se promesse, le reporter avait parlé des traces de pas. On n'y faisait encore qu'une faible allusion, mais il sentait bien que c'était là un ballon d'essai, et qu'on préciserait le lendemain. Pour que Coche ne parlât point de ce détail, il l'avait traité presque en ami; il lui avait permis de voir ce qu'aucun autre journaliste n'avait vu, et voilà sa récompense! Ce n'était point assez que le *Monde* eût donné la nouvelle du crime avant que lui, en eût été informé, il fallait encore qu'il fournit des armes à ceux qui sont toujours prêts à dénigrer la police!

Certes, on n'attacherait que peu d'importance à cet article rempli d'invraisemblances; certes il était sûr de tenir la bonne piste, et le succès final lui donnerait raison. Mais, n'était-il pas étrange en vérité, que le journal en faveur duquel il avait fait quelque chose d'irrégulier, fût le premier à discuter son enquête, à la discréditer?

— Décidément, se dit-il, ces gens-là sont tous atteints de la manie des grandeurs. Parce que le hasard leur a permis de

donner une information sensationnelle, ils se croient tout
permis. Ils mènent une instruction parallèle à la mienne. Au
fond, n'était cette histoire des traces qui peut m'obliger à des
explications, cet article ne peut que faciliter ma tâche. Que le
coupable s'imagine qu'on cherche d'un côté opposé à celui
où il se trouve, il commettra des imprudences, il se cachera
moins, et se livrera tout seul... C'est égal, la leçon me
profitera.

Il entra dans le bureau du secrétaire, et le journal à la main,
lui dit:

— Vous avez lu?

— Oui, Monsieur le Commissaire.

— Votre avis?

— Il faudrait peut-être voir ce Coche, quitte à ne lui dire que
ce que vous voudrez perdre. Avec un ou deux petits
renseignements «à côté» que nous ne donnerons pas aux
autres, il sera content...

— Mais que pensez-vous de son hypothèse qui est
diamétralement opposée à la mienne?

— Je pense qu'elle vaut ce que vaut une hypothèse de
journaliste. Les renseignements qui nous arrivent depuis
quarante-huit heures n'ont rien apporté, il est vrai, à l'appui
de la nôtre... mais ils ne donnent rien à l'appui de la sienne.

Le Commissaire demeura un moment silencieux, puis
murmura:

— Ça ne fait pas l'ombre d'un doute. C'est moi qui ai raison!
Donnez un coup de téléphone au *Monde*, et priez qu'on
m'envoie ce monsieur Coche aussitôt qu'il viendra. Je vais

retourner boulevard Lannes, j'y fixerai quelques points de détail de façon à ce que le juge d'instruction trouve l'affaire toute prête.

La maison était restée exactement dans l'état où le Commissaire l'avait laissée l'avant-veille, à ceci près que le corps de la victime, après qu'on eût repéré exactement sa position, avait été transporté à la Morgue.

La chambre avait maintenant un aspect sinistre. Rien ne donne à une pièce un air plus lugubre, plus désolé, qu'un lit défait, aux draps froissés et refroidis. À l'odeur fade du sang, avait succédé une odeur de suie et de fumée caractéristique des demeures abandonnées. Dans la cheminée, les cendres tassées avaient pris une teinte plus sombre; dans la cuvette, l'eau rosée avait changé de couleur, laissant voir, par transparence, de minuscules grumeaux rouges, et, sur les bords une raie grise, d'un gris indécis, empâtée par du savon et du sang. Lorsque le magistrat avait pénétré la première fois dans le petit hôtel, un peu de vie semblait flotter encore entre les murs.

On dirait parfois que l'être humain laisse derrière lui un reflet de sa personnalité, de son existence, comme si les murs, à force d'être les témoins muets de notre vie, en conservaient la trace quelque temps. L'histoire des hommes continue après eux dans la demeure qu'ils ont habitée. La chambre où des êtres ont aimé, souffert, est un témoin mystérieux, et pourtant indiscret, pour ceux qui savent regarder, réfléchir. Certains appartements — pauvres ou luxueux, tristes ou gais — sont hostiles au visiteur qui vient pour les louer. Et, qu'y aurait-il d'invraisemblable, en vérité, à ce que les objets eussent une vie profonde, insoupçonnée? N'est-ce pas le passage rapide des hôtes d'une nuit ou d'un jour, qui donne aux chambres d'hôtel cet aspect banal, impersonnel? Les meubles, cependant, y sont parfois semblables à ceux qui

98

ornent le foyer regretté. Le lit de palissandre, l'armoire à glace, la toilette-commode, avec sa garniture à fleurs, les rideaux à ramages, la descente de lit ornée d'un lion couché dans la verdure, la cheminée avec sa pendule dorée et ses candélabres de marbre, la petite étagère avec ses bibelots en imitation de Saxe, et la couronne de fleurs d'oranger sous un globe, tout cela ne forme-t-il pas le mobilier que l'on retrouve dans les vieilles maisons de province? D'où vient alors que, dans les vieilles maisons les choses sont accueillantes et gaies, sinon de ce qu'elles ont pris, au contact des êtres une vie mystérieuse qui, peu à peu, s'affaiblit, se fane, s'attriste et disparaît quand disparaissent ceux qui la leur prêtèrent un moment?... Alors, le parfum qui dormait en elles s'évanouit, leur charme vieillot se flétrit et meurt... Les objets sont pareils aux gens: ils oublient.

Ainsi, en quelques heures, la chambre du crime vide, sinistre, morte, avait oublié son hôte!

— Il fait froid ici, murmura le Commissaire...

Puis il se mit à marcher lentement, examinant les murs, les meubles, et tous les coins où l'ombre semblait se complaire. Il s'arrêta un instant près de la toilette, joua du bout du doigt avec une règle posée sur la table, inspecta la pendule renversée, arrêtée à douze heures trente-cinq.

Rien n'est effrayant, énigmatique, autant qu'une horloge. Cette machine sortie des mains des hommes et qui marque le temps, règle notre vie, et court toujours du même pas égal vers l'avenir impénétrable, semble être auprès de nous un espion placé comme le destin.

Quelle heure marquait celle-ci? Heure du jour ou de la nuit? Midi, avec sa lumière immense et joyeuse? Minuit silencieux et noir? S'était-elle arrêtée ainsi, simplement par hasard, ou bien à la minute même qui avait précédé le crime? Impassible témoin, avait- elle battu la dernière seconde de l'homme assassiné?...

— Il faudra faire venir un horloger expert, dit le Commissaire. Il nous renseignera peut-être sur la raison pour laquelle cette pendule est arrêtée. Il sera intéressant de savoir si c'est la chute qui a détraqué le mouvement.

— Pardon, Monsieur, fit un Inspecteur en ramassant quelques fragments du papier déchiré. Voilà qui me parait drôle!... Nous ne l'avions pas vu la première fois...

Le Commissaire prit les trois petits carrés blancs et lut:

Monsieur 22, E. V. ési ue de

Il haussa les épaules:

— Ce n'est rien du tout... Ça n'a aucun intérêt... Qu'est-ce que vous voulez tirer de quelques syllabes incomplètes?... Laissez donc...

— Possible que ce ne soit pas grand'chose, mais, qui sait?... si on trouvait ce qui manque!... en y regardant bien, ça me fait l'effet d'un bout d'enveloppe. En les rangeant dans l'ordre, on trouverait quelque chose comme un semblant d'adresse:

«Monsieur — 22 — ue de — E. V.»

«Il reste: «ési», qui fait peut-être partie du nom de la rue, peut-être du nom du destinataire. Nous pouvons toujours être sûrs que le particulier demeure au numéro 22 d'une rue de... ça facilite déjà les recherches...

— Belle avance, dit en riant le Commissaire.

L'inspecteur, entêté, tournait et retournait les papiers, flairant leur odeur, les regardant par transparence. Tout à coup, il s'écria:

— Ah! mais... Ah! mais... Voici qui est mieux... Lisez donc!!! Nous n'avons examiné jusqu'ici que le recto... Voyez la pliure... le papier est double... il a un verso... le dos de l'enveloppe... et... qu'est-ce que je trouve sur l'un:

Inconnu au 22

«sur l'autre:

Voir au 16

et, tout à côté, la moitié du timbre de la poste... Avec écrit: Rue Bay... ce qui veut sûrement dire Rue Bayen, ça, ce n'est pas difficile; dans le demi-rond du timbre, quelque chose de noir qui devait être la date, et, au-dessous, très net: 08. Nous sommes en janvier, donc cette adresse n'avait pas été écrite depuis longtemps. Je ne sors pas de là: Vous ferez comme vous voudrez, mais je crois qu'il serait utile de trouver le Monsieur inconnu de la rue de... je ne sais pas quoi, qui demeurait sans doute au 16 d'une autre rue, de la même, peut-être...

— Cherchez toujours... moi, je donnerais tout ce que vous découvrirez là pour quelques renseignements sur la vie, les fréquentations de la victime... Vous ne trouvez plus rien?... Nous pouvons partir...

Et le Commissaire sortit avec ses inspecteurs.

Il y avait toujours des curieux sur le boulevard, des agents faisant les cent pas devant la grille. Un photographe avait braqué son appareil sur la maison et la photographiait sur toutes ses faces. Au moment où le Commissaire allait monter en voiture, il lui dit vivement:

— Une seconde, Monsieur le Commissaire... Là, merci...

— Ça vous fait bien plaisir d'avoir mon portrait; vous croyez que ça amusera vos lecteurs?... C'est pour quel journal?...

— Pour le *Monde*, qui le premier...

— Eh bien, fit le Commissaire rageur, vous pourrez dire chez vous... Au fait, ne dites donc rien du tout...

CHAPITRE VI

L'INCONNU DU 22

La journée s'écoula monotone pour la police comme pour Coche. Cette affaire, à qui la curiosité publique donnait d'heure en heure de plus grandes proportions, n'avançait pas. En dehors du nom de la victime, on ne savait rien. Les commerçants du quartier interrogés, se souvenaient vaguement d'un petit vieux, tranquille, peu bavard, et à qui on ne connaissait ni amis, ni parente. Il vivait là depuis plusieurs années, sortant peu, parlant moins encore, et ne recevait de lettres qu'à de très rares intervalles. Le facteur ne se rappelait pas avoir sonné chez lui depuis des mois.

— Même, ajouta-t-il, je n'ai pas osé lui porter de calendrier au premier janvier. On ne peut vraiment pas demander d'étrennes à quelqu'un qu'on ne sert jamais.

Quant à Onésime Coche, il s'énervait dans l'attente. Il aurait voulu à la fois brusquer les événements, et retarder leur cours. Il commençait à se rendre compte des complications formidables qu'il avait apportées dans son existence, et voyait sous des aspects moins brillants les résultats utiles qu'il tirerait de l'aventure. Le certain, pour l'instant, c'est qu'il vivait en errant, n'osant s'arrêter nulle part, incapable de se renseigner, tenaillé du désir impérieux de revoir les lieux du crime... comme un véritable criminel.

«Et, ajoutait-il, ce ne serait pas déjà si bête. On a sûrement établi une souricière autour du boulevard Lannes, et, parmi la foule qui défile devant la maison, il y a autant d'agents en bourgeois que de badauds; on me connaît; le *Monde*, avec l'allure mystérieuse de ses articles, gêne la police, et on ne manquerait pas de me filer... Tout irait grand train après cela.»

Mais la seule pensée du contact définitif avec la Sûreté l'effrayait.

La solitude totale dans laquelle il vivait depuis deux jours lui avait enlevé cette énergie, cet «allant» qui en faisait — quand l'affaire l'intéressait — un reporter incomparable. Il avait besoin pour agir, de l'influence du milieu, de la griserie des paroles, de la discussion, de la lutte, de l'activité trépidante de tous les instants. Privé de cet excitant, il se sentait sans force, hésitant. Noyé dans la foule, frôlant à chaque pas des inconnus, s'asseyant solitaire, aux tables de cafés ou de restaurants, n'entendant qu'à de rares intervalles, quand il faisait son menu ou commandait une consommation, le son de sa propre voix, il avait, libre encore dans Paris et coudoyant des milliers d'êtres, l'impression poignante d'être au secret, dans la plus sûre et la plus silencieuse des prisons.

Vers cinq heures, il téléphona au *Monde*. On lui répondit d'abord que le *Monde* n'était pas libre. Il attendit un moment, et appela de nouveau. La ligne était très encombrée. Des bribes de phrases lui arrivaient confuses, traversées par la voix nasillarde des demoiselles, s'envoyant des numéros d'appel. Et, tout à coup, parmi tout ce bruit, toute cette friture, il entendit quelqu'un qui disait: «Le journal le *Monde*?».

Il se pencha vivement sur la plaque et protesta:

— Pardon, Monsieur, pardon, j'ai demandé avant vous...

— Désolé, mais c'est moi qu'on a servi. Allô, le *Monde*?...

— C'est un peu violent! Allô, Mademoiselle!

On riait à l'autre bout du fil.

Il trépigna de rage.

— Allô, Mademoiselle, nous sommes deux sur la ligne...

— J'entends bien. Mais ce n'est pas de ma faute. Retirez-vous...

— Non, non!... Voilà un quart d'heure que j'attends, j'en ai assez. Passez-moi la surveil...

Il n'acheva pas sa phrase, et décrochant sans bruit l'autre récepteur, se mit à écouter. La conversation lui arrivait subitement distincte. Il entendait les questions et les réponses. Jamais la ligne ne lui avait semblé aussi tranquille, et jamais, surtout, conversation ne l'avait plus intéressé que celle-là. La voix qui lui avait parlé un instant disait:

— C'est fâcheux, à quelle heure vient-il d'habitude?

Et une autre voix, qu'il reconnut pour celle du secrétaire de la rédaction, répondit:

— Vers quatre heures et demie, cinq heures... Mais il ne faut pas compter.

— Comme c'est ennuyeux, reprit la voix. Savez-vous où on pourrait le trouver?

— Où diable ai-je entendu cette voix-là? disait Coche.

— Non, pas du tout, répondit Avyot.

— Enfin, il viendra bien dans la soirée? Soyez assez aimable pour le prier de passer chez moi... une communication urgente...

— Tout à fait impossible. Je suis désolé... Mais il est absent, et je n'ai pas du tout...

«Hé, hé... songea Coche, en appuyant plus fortement les récepteurs sur ses oreilles...»

— Mais quand revient-il?... fit la voix.

— Je ne sais pas... Son absence peut se prolonger; il peut revenir bientôt...

— Il n'a pas quitté Paris?

— Je ne puis vous renseigner sur ce point... Je suis désolé, tout à fait désolé...

«Ah çà! songea Coche de plus en plus attentif, mais c'est de moi qu'on parle, et cette voix... cette voix...»

— Ne coupez pas, Mademoiselle, nous causons, cria Avyot.

Et Coche, terriblement intéressé par ce dialogue, cria machinalement aussi: «Nous causons».

Mais aussitôt il se mordit les lèvres. Un simple hasard, très fréquent, mais qu'il bénissait en cet instant, l'avait mis en tiers dans une conversation qui pouvait se rapporter à lui. C'était folie de l'interrompre par une exclamation maladroite. La téléphoniste, par bonheur, avait quitté la ligne, et n'entendit pas son appel; le dialogue continua:

— En tous cas, disait la voix, vous pouvez me donner son adresse?

— Parfaitement...

— Ai-je des chances de le trouver chez lui?

«Nom d'un chien, murmura Coche! je ne me trompais pas.
C'est le
Commissaire!»

Un petit frisson le secoua. Ses doigts se crispèrent sur les
récepteurs, et il se sentit pâlir. Pourquoi le Commissaire
insistait-il tellement pour le voir, pour savoir son adresse,
sinon afin de... Il n'osa formuler, même mentalement, la fin
de sa phrase, mais le mot qu'il redoutait se dressa devant lui,
avec une force, une netteté prodigieuses: «M'arrêter! Je vais
être arrêté».

Le recul n'était plus possible. Il en avait trop fait pour
hésiter, même un instant. Les trois journées écoulées avaient
fui avec une rapidité si vertigineuse, qu'il n'avait pas senti
passer le temps, il lui sembla qu'il allait être pris au piège
dans une seconde. Il eut l'espoir que le secrétaire de
rédaction ne répondrait pas; il aurait voulu crier:

— Taisez-vous, ne dites pas mon adresse!

Mais, c'était là se compromettre gravement, car, en somme,
s'il voulait bien être arrêté, interrogé, accusé, il tenait à
garder le pouvoir de faire s'écrouler d'un seul mot toutes les
charges relevées contre lui. Or, comment pourrait-il
expliquer ce cri d'angoisse?...

La voix poursuivit:

— Je ne sais pas si vous le trouverez chez lui, mais voici son
adresse...

Un dixième de seconde, la pensée qu'il ne s'agissait pas de
lui, traversa l'esprit de Coche. Déjà Avyot continuait:

— 16, rue de Douai.

— Merci bien, pardon de vous avoir dérangé.

— Il n'y a pas de quoi, au revoir, Monsieur le Commissaire.

— Au revoir, Monsieur.

Coche entendit claquer les crochets, résonner la sonnette avertissant que la communication était finie... Un petit bruit de friture... puis, plus rien.

Pourtant il restait là, l'oreille tendue, attendant, espérant, redoutant, il ne savait quoi, cloué sur place par une émotion intense. Il ne reprit la notion exacte des choses qu'au bout de deux ou trois minutes. Alors, percevant ce bourdonnement confus, pareil à celui qui résonne avec un bruit de flot, dans les larges coquilles marines, il comprit que la conversation était finie, et qu'il n'avait plus rien à faire là. La main sur le bouton de la porte, il hésita.

«S'il y avait quelqu'un derrière, si une main venait s'abattre sur lui?»

Le souvenir de son innocence n'effleurait même plus sa pensée. Une seule chose y demeurait: son arrestation probable, certaine!...

À bien y réfléchir, il pouvait, au risque de passer pour un fantoche, avouer la vérité. Tout au plus, risquait-il quelques jours de prison avec sursis, ou simplement une admonestation un peu sévère et humiliante... Mais, cela même, il ne le pouvait plus. Il était hypnotisé, fasciné, par cette idée fixe: je vais être arrêté.

Et cette pensée, qui l'effrayait cependant, l'attirait, l'amenait à elle avec une puissance obscure et formidable, effrayante, comme le gouffre sur qui se penche le voyageur, tentatrice comme l'appel voluptueux des sirènes qui, la nuit, dans les détroits sonores, entraînaient les marins vers l'abîme.

Il sortit enfin. Personne ne fit attention à lui. Seul, l'employé, derrière son guichet, lui dit:

— Il y a deux communications.

— Ah! bien, fit Coche.

Et il donna un second ticket sans faire observer qu'il n'avait pas causé un seul instant. Au moment de gagner la rue, il eut une courte hésitation:

«Tout de même, si je téléphonais au *Monde*?»

Mais il pensa qu'à présent toute démarche était devenue inutile et gagna la rue, cherchant les raisons qui avaient pu mettre aussi vite la police sur ses traces, un peu vexé, au fond, de n'avoir pas eu besoin de plus d'adresse et de ruse pour l'amener à regarder de son côté.

En quittant l'appareil, le Commissaire traversa une petite salle où se réunissaient les inspecteurs. L'un d'eux, assis devant une table, paraissait plongé dans un travail très important.

— Dites-moi donc, fit le Commissaire, est-ce très urgent ce que vous faites là?

L'homme sourit:

— Très urgent... non, mais plus tôt ce sera fini, mieux ça vaudra... Je cherche dans l'Annuaire les rues *de*, rapport au papier trouvé ce matin... ça ne coûte rien d'essayer...

— Eh bien, laissez donc ça un instant, prenez une voiture,

et voyez si M. Onésime Coche est chez-lui, 16, rue de Douai.

— Rue de?... fit vivement l'inspecteur.

— Rue de Douai, 16... Vous savez où c'est?...

— Oui, oui... Ce n'est pas ça qui m'étonne... c'est ce numéro 16, et puis rue de...

Le Commissaire tressaillit à son tour: ce numéro auquel il n'avait prêté aucune attention tout d'abord, sembla prendre une signification. N'était-ce pas celui qu'il avait lu le matin même sur le bout d'enveloppe ramassé boulevard Lannes?... Il regarda l'inspecteur, l'inspecteur le regarda et tous deux demeurèrent ainsi quelques secondes, n'osant formuler le doute qui, brusquement, les avait traversés...

— Allons, dit le Commissaire en haussant les épaules, qu'est-ce que nous cherchons!... C'est par ce procédé-là qu'on se met dedans. Une idée passe, on saute dessus, on ne la lâche plus, on s'entête... et rien du tout. Si vous vous mettez à regarder de côté tous les gens qui habitent à un numéro 16...

— Je ne dis pas, mais ça me fait drôle... Je pars de suite...

Parce que, dès le matin, il n'avait attaché aucune importance à ce chiffre, et que, maintenant, il n'avait pas relevé la coïncidence assez bizarre en somme, le Commissaire ne voulut pas paraître faire cas du soupçon de son agent. Mais, resté seul, il regretta de n'avoir pas fait, lui, la découverte du papier, et de n'avoir pas vu le rapprochement possible. Il n'y attachait encore aucune valeur: quelle vraisemblance que Coche fût mêlé à cette affaire? Fallait-il, pour une simple concordance de chiffres, échafauder tout un roman? Il rentra dans son cabinet en se disant:

«Non… c'est absurde…»

Mais, si absurde qu'il jugeât la chose, il ne put la chasser de son esprit. Elle restait en lui, et sa pensée y revenait sans cesse. Il prit un dossier, le parcourut. En arrivant au bas de la première page, bien qu'il fût certain d'en avoir lu toutes les lignes, il s'aperçut que les mots n'avaient fait que traverser ses yeux: de leur signification, nul souvenir… À leur place le chiffre 16 dansait devant lui, insensiblement, les traits d'Onésime Coche s'y joignaient, d'abord assez vagues puis tout à fait précis.

Peu à peu, une foule de petits détails se glissaient dans sa mémoire.

D'abord l'information étrange du *Monde,* information dont il n'avait pu trouver la source; puis les phrases énigmatiques de Coche, son attitude ironique jusqu'à l'insolence, ses réponses mystérieuses, la découverte de la trace des pas, son émotion dans la chambre du crime… Il y avait là jusqu'à un certain point des indices… Mais, si le journaliste avait joué un rôle quelconque dans le crime, comment admettre tant d'audace?… Et, pourtant!…

Arrivé à ce point de son raisonnement, il se sentait arrêté, un obstacle barrait sa route, et il n'osait s'avouer à lui-même qu'il s'irritait autant de n'avoir pas le premier pensé à tout cela, que de l'impossibilité où il se trouvait d'assigner un mobile aux actes de Coche. Au reste, dans quelques minutes, il allait être fixé; sans lui laisser soupçonner le doute qui avait effleuré son esprit, il lui ferait comprendre ce qu'il y avait de gênant dans son attitude. Qu'il en sût long sur le crime, il en était sûr à présent. Le difficile ne serait pas de lui faire dire ce qu'il savait, mais bien comment il le savait. Coche ne lui avait-il pas déclaré:

«La Presse possède des moyens d'investigation multiples...»

Quels avaient été ces moyens?... Voilà ce qu'il importait de connaître, et, pour y arriver, il ne reculerait pas devant l'intimidation. Il ne se souciait plus guère, à présent, de l'allusion à l'empreinte de pas faite dans le *Monde*. La partie était engagée à fond, et Coche seul pouvait apporter la victoire. Aussi bien l'affaire allait passer aux mains d'un juge d'instruction, et il aurait voulu la lui remettre toute simple, dégagée du mystère qui l'entourait depuis la première heure.

La sonnerie du téléphone retentit:

— Qu'est-ce que c'est? demanda-t-il.

— Javel, l'inspecteur que vous avez envoyé rue de Douai.

— Bon, et bien?

— M. Coche n'a pas reparu chez lui depuis trois jours.

Une stupéfaction violente se peignit sur le visage du Commissaire. Ainsi, depuis trois jours, pas plus au journal qu'à son domicile on n'avait vu le reporter? Si invraisemblable que parût la chose, il fallait se résoudre pourtant à accorder à cette disparition des raisons graves.

Or, étant donnés les événements, leur succession rapide et mystérieuse, une raison grave ne pouvait être qu'une raison se rapportant au crime du boulevard Lannes. Dès lors deux hypothèses se présentaient: ou bien Onésime Coche avait fait semblant de disparaître afin de poursuivre seul et pour son compte une enquête parallèle à celle de la police; ou bien il avait été mêlé d'une façon quelconque au drame, et alors deux solutions se présentaient de nouveau: la première, assez favorable: il avait mis quelques centaines de kilomètres et la frontière entre lui et la police; la deuxième solution (se rapprochant peut-être de la vérité): des gens ayant intérêt au silence, et craignant qu'un mot imprudent de sa part ne les perdit, l'avaient simplement supprimé...

Toujours, d'après la même méthode hâtive et fantaisiste, le Commissaire s'arrêta à cette dernière version.

Il se pencha sur la plaque et dit à l'Inspecteur:

— Pas d'autres renseignements?

L'inspecteur ne répondant pas tout de suite; il insista:

— Allo! Vous m'entendez?

— Oui, Monsieur le Commissaire. C'est tout.

— Alors, c'est bien, je verrai moi-même demain matin.

Et il raccrocha les récepteurs.

«Demain matin, mon bonhomme, songea l'inspecteur, tu arriveras probablement après la bataille, car demain, si Coche n'est pas entre mes pattes, il ne s'en faudra pas de beaucoup.»

Il n'avait pas tout dit, en effet, au Commissaire, se réservant de travailler son *idée à lui*. Trop jeune dans le métier pour qu'on écoutât ses avis, il entendait suivre son inspiration personnelle. Depuis la découverte du morceau d'enveloppe, il avait eu la sensation que la partie devait se jouer autour de ce bout de papier, et cette sensation, vague d'abord, s'était tout à coup précisée lorsqu'il avait entendu le numéro de l'adresse de Coche. Il regretta presque d'avoir laissé deviner son émotion devant le Commissaire, mais se consola de ce manque de sang-froid, sachant son chef trop orgueilleux, pour adopter la manière de voir d'un simple inspecteur. Bien

113

mieux, ce qu'il avait considéré un instant comme une maladresse, lui apparut comme une suprême habileté. Le seul fait qu'il avait établi un rapport entre les deux 16, l'assurait que le Commissaire n'y attacherait pas la moindre importance, tout au contraire. Dès lors, il pouvait travailler en paix, sans contrôle, sans discussion.

Javel, on l'a vu, se trompait. Mais, le résultat ne différait pas beaucoup cependant, grâce aux déductions précipitées du Commissaire. Tandis que son chef interprétait les événements, lui se bornait à les constater. Aussi bien, la découverte du matin, et le renseignement recueilli au domicile de Coche, n'étaient-ils rien auprès de celui qu'il conservait précieusement, l'ayant obtenu avec une rare facilité.

En descendant la rue de Douai, ses yeux s'était portés machinalement sur le numéro d'une maison, il lut 22. Le hasard, décidément, voulait que ce chiffre revint devant lui et il considérait le hasard comme un trop grand maître pour ne pas suivre ses indications. Il réfléchit très vite que, s'il se trompait, nul n'en saurait jamais rien, que la démarche n'était ni longue ni compromettante, et entra.

La loge de la concierge se trouvait sous la voûte. Il entr'ouvrit la porte:

— M. Onésime Coche, s'il vous plaît?

— Connais pas.

Il prit un air désappointé, et insista timidement:

— C'est un journaliste. Vous ne pourriez pas me dire?...

Le concierge, qui se chauffait les mains, hocha la tête sans se retourner. Mais sa femme sortit d'une pièce voisine et

s'enquit de ce qu'on voulait. Javel la devinant complaisante,
ou tout au moins curieuse, répéta:

— C'est un journaliste, M. Onésime Coche. On m'a dit qu'il
habitait ici. On a dû se tromper d'adresse, et je voudrais
savoir si vous ne pourriez pas…

Le mari haussa les épaules, la femme s'avança:

— Quoi! Tu ne te souviens pas?

Et s'adressant à l'inspecteur, elle ajouta: — Nous n'avons pas de locataire de ce nom, mais nous avons eu un journaliste qui a quitté il y a six mois; depuis, deux ou trois fois, le facteur s'est trompé et a déposé des lettres au nom que vous dites...

Et se tournant vers son mari:

— Tu te rappelles. Il n'y a pas un mois, il en a porté une... Voyez donc si ce ne serait pas des fois au 16 ou au 18.

Javel s'excusa du dérangement, remercia et, dans la rue, donna libre cours à sa joie en disant presque haut:

— Veine! Veine! Je le tiens!

Un monsieur qu'il bouscula au passage se retourna et grommela:

— Il est fou, celui-là!

L'inspecteur était si content qu'il ne l'entendit même pas. Il entra rapidement au 16 et demanda:

— M. Coche?

— Il n'est pas chez lui.

— Savez-vous quand il rentrera?

— Non. Il a dû partir en voyage.

— Diable, murmura Javel, voilà qui est bien ennuyeux... Alors vous ne pourriez pas me dire quand il sera de retour? ...

116

— Non… Laissez un mot. On le lui remettra avec ses lettres qui l'attendent depuis trois jours.

— Trois jours! songea Javel, est-ce que je tiendrais le bon bout, par hasard?

Et il ajouta, comme se parlant à lui-même:

— Lui laisser une lettre?… Peuh!…

Puis, réfléchissant qu'il y avait peut-être des renseignements à glaner et que, tout en écrivant, il pourrait faire parler la concierge, moins défiante vis-à-vis d'un monsieur assis dans sa loge qu'envers un visiteur debout sur le pas de sa porte, il répondit:

— Oui, si ça ne vous dérangeait pas, j'écrirais bien un mot.

— Du tout. Asseyez-vous… vous avez de quoi écrire?…

— Non, fit-il.

Quand on lui eut apporté plume, encre et papier, il s'assit devant la table, et commença à écrire une vague lettre de sollicitation, se disant journaliste, sans situation, acculé à la misère, et priant son confrère de lui venir en aide.

Arrivé au bas de la page, il s'arrêta, prit sa feuille de papier par le coin et l'agita en l'air, pour la sécher.

— Un peu de buvard? demanda la concierge…

— Oh! mais, Madame, je vous dérange…

— Ça ne fait rien… Une enveloppe?

— Oui, s'il vous plaît…

Tout en séchant avec soin son écriture, il demanda:

— M. Coche ne vous avait pas prévenu de son départ?

— Non. Sa femme de ménage est venue avant-hier, comme d'habitude; elle ne savait rien et m'a demandé la même chose que vous. Elle revient tous les matins pour donner un coup au ménage, mais elle n'a pas de nouvelles... C'est surprenant, parce que, d'ordinaire, toutes les fois qu'il s'absente, il ne manque pas de dire:

— Madame Isabelle, je pars pour tant de jours. Je rentrerai lundi, ou mardi..., enfin, tout ce qu'il faut pour répondre en cas qu'on vienne le demander...

Javel, la plume en l'air, écoutait. Pour lui, ce départ prenait de plus en plus l'aspect d'une fuite, et, en rapprochant l'extraordinaire coïncidence du 22 et du 16, il ne pouvait s'empêcher de relier cette disparition à l'affaire du boulevard Lannes.

La concierge parla encore, disant l'existence régulière de Coche, les heures auxquelles il sortait et rentrait. Mais tout cela — pour l'instant, du moins — était sans importance. À un moment, pourtant, le policier dressa l'oreille:

— La dernière fois qu'il a couché ici, disait-elle, il est rentré vers les deux heures du matin, comme d'habitude. On ne reconnaît pas bien les voix, la nuit, mais je sais sa façon de fermer la porte: tout doucement, sans bruit. Il y en a d'autres qui la tapent, à réveiller toute la maison. Sur le coup de cinq heures, quelqu'un est venu le demander. Cette personne n'est pas restée longtemps chez lui, car, cinq minutes après, elle a demandé le cordon, et au bout d'un instant, M. Coche est sorti à son tour. Je pense qu'il a été appelé dans sa famille, près d'un malade. Son père et sa mère habitent la province.

— C'est possible, songea l'inspecteur, mais ce n'est *que* possible. Il y a vraiment trop de coïncidences dans tout ça...

Il se remit à écrire, signa d'un nom quelconque et cacheta l'enveloppe. La concierge avait dit tout ce qu'elle savait, il n'y avait plus rien d'utile à en attendre. Peut-être la femme de ménage serait-elle renseignée.

Il se leva:

— Vous seriez bien aimable de lui remettre ceci avec son courrier. Comme c'est assez urgent, je repasserai demain matin, vers neuf heures, si par hasard il était de retour...

— C'est ça, Monsieur. Vous trouverez toujours sa femme de ménage.

Il remercia et sortit. Pour lui, il n'y avait plus aucun doute. Le destinataire de la lettre déchirée trouvée boulevard Lannes et Onésime Coche, ne faisaient qu'un. Maintenant fallait-il voir dans le départ précipité du journaliste, la nuit même du crime, plus qu'une simple coïncidence? C'était une autre affaire, et qui demandait à être examinée sans nerfs et de très près. Dans cette pensée, il téléphona au Commissaire le résultat de sa démarche, en se bornant à répondre à la question précise qui lui avait été posée: On l'avait envoyé 16, rue de Douai, pour s'informer si Coche était chez lui: Coche n'y était pas. Il n'avait rien à ajouter pour l'instant. Le reste lui appartenait en propre. À lui de s'en servir.

Javel avait pour habitude, lorsqu'il recherchait un individu, de se demander, non pas ce que lui, pourrait trouver de plus intelligent, mais bien ce que son adversaire pourrait trouver de plus bête, ou de plus maladroit. Or, la pire faute pour Coche coupable, était de revenir à son domicile. De là à admettre la probabilité de cette faute, il n'y avait qu'un pas.

119

Lorsqu'un homme a le choix entre deux solutions, il est rare, surtout s'il redoute la police, qu'il choisisse la bonne. La prudence la plus élémentaire conseillait au journaliste de ne pas reparaître rue de Douai: c'était donc rue de Douai qu'il convenait de l'attendre. Ayant ainsi raisonné, Javel se posta à quelques pas de la porte, et attendit.

CHAPITRE VII

DE SIX HEURES DU SOIR A DIX HEURES DU MATIN

En sortant du bureau de poste, Onésime Coche reprit possession de lui-même. Depuis trois jours, il n'avait rien, rien vu, rien appris que l'angoisse d'un homme traqué. C'était là, non du reportage, mais de la littérature. Alors qu'il aurait tout voulu savoir, il ignorait tout, et comprenait que l'ignorance devait être, pour un vrai coupable, un grave motif d'énervement. De plus, détail qui avait sa valeur, il n'avait pas changé de linge; son faux col douteux le gênait; ses manchettes étaient sales, il se sentait mal à son aise. À sa gêne morale s'ajoutait une gêne physique. Il résolut d'aller chez lui, après l'extinction du gaz pour ne pas être vu par la concierge, et, vers minuit, s'arrêta devant sa porte. Javel, qui s'était rapproché doucement, eut en le reconnaissant un sourire de triomphe. La bête venait se prendre au piège. Il reprit sa faction, ne perdant pas de vue l'entrée. Des agents le voyant regarder la maison avec insistance lui dirent, bourrus:

— Qu'est-ce que vous attendez là?

Il répondit, presque sans détourner la tête:

— «Sûreté», et leur montra sa carte.

Au bout d'une demi-heure, Coche n'était pas redescendu. Javel pensa:

121

— Aurait-il l'audace de coucher chez lui?... Après tout, s'il n'est pas coupable, si son départ n'est lié en aucune façon à l'affaire, cela n'a rien de surprenant. Il est entré avec le patron dans la chambre du boulevard Lannes et peut fort bien avoir laissé tomber les bouts de papier... Pourtant, pourtant...

Un tel désir, un tel besoin de savoir le tenaillait, qu'il ne sentait plus le froid. Les passants devenaient de plus en plus rares et le guet n'en était que plus facile. Il marchait de long en large, sûr que le journaliste ne pourrait plus sortir sans qu'il le vît. Vers deux heures, la porte s'ouvrit enfin. Coche demeura un instant immobile, et referma sans bruit. Javel le vit hésiter, puis faire un pas, regarder à droite et à gauche, et enfin partir, droit devant lui. Il lui laissa prendre quelques mètres d'avance, et se mit en marche à sa suite. Ils descendirent ainsi jusqu'aux boulevards, gagnèrent les quais par la rue de Richelieu et traversèrent la Seine.

— Du diable si je sais où il m'emmène, murmura Javel en le voyant remonter dans la direction de la place Saint-Michel; mais où qu'il aille je ne le lâcherai pas avant de l'avoir couché.

Coche prit le boulevard Saint-Michel et s'arrêta près du Luxembourg, semblant s'orienter.

— Qu'est-ce que ça veut dire? pensa Javel. Il connaît sûrement le quartier... et il a l'air de ne pas savoir ce qu'il veut...

Et il ajouta à mi-voix:

— Allons, mon vieux, c'est l'heure de te coucher...

Juste au même moment, Coche se tourna vers lui. Leurs regards se croisèrent. Javel ne bougea pas, mais Coche tressaillit et repartit, d'un pas plus rapide, dans la direction de l'Observatoire. Le boulevard était désert, et le policier regardait sur le trottoir, sec et tout blanc, fuir l'ombre du journaliste. Cette course vers un but inconnu l'énervait. Il commençait à sentir la fatigue, le froid. Par instants il éprouvait la tentation de sauter sur Coche et de lui mettre la main au collet. Mais, s'il était innocent, quelle faute! c'était la révocation, le scandale! Il continuait donc à marcher, les poings serrés, mâchant sa rage. Coche finirait bien par entrer dans une maison, et il lui faudrait encore attendre, jusqu'au jour, par cette nuit glaciale, avec le ventre creux, les pieds gelés et les doigts engourdis. Tout à coup, une voix, derrière lui, fit doucement:

— Bonjour Javel.

Il se retourna et reconnut un collègue de la Sûreté. Du coup, la gaîté lui revint. Il mit un doigt sur ses lèvres, entraîna son camarade par le bras, et lui dit très bas:

— Chut! méfiance...

— Tu as quelque chose?

— Oui, là devant nous, à vingt mètres...

— Sérieux?

— Tu parles!... Je crois que je tiens... Mais je ne peux pas te le dire pour l'instant. Écoute, si tu n'es pas trop fatigué, je te propose une affaire. Prends mon homme en filature, il y a peut- être quelque chose de tout premier ordre...

— Et on ne peut pas savoir?...

— Pas maintenant. Dans quelques heures, ce matin... Moi, je suis éreinté, et puis, je crois que le client m'a vu et que je suis brûlé. Il ne se méfiera pas de toi. Ça va?

— Peuh! fit l'autre, si ça te rend service! Tu veux que je le couche...

— D'abord; ensuite que tu ne lâches pas sa porte. Demain matin, à dix heures, fais-moi prévenir de l'endroit où il aura fini sa nuit, et de celui où je peux venir te relever. Je serai devant le 16 de la rue de Douai. Mais pour l'amour de Dieu, ne le lâche pas d'une semelle. Jamais nous n'aurons peut-être de plus belle partie à jouer... et tu auras ton morceau de gâteau, je te le garantis, si ça réussit...

— Tout ça, c'est bien gentil, mais je voudrais savoir tout de même...

— Eh bien, fit Javel, sentant que son camarade hésitait, et qu'il fallait jouer franc jeu pour ne pas risquer de tout perdre, eh bien, je file probablement l'assassin du boulevard Lannes.

Il n'était pas certain le moins du monde que Coche fût coupable, mais il se rendait compte que s'il hésitait, l'autre refuserait peut-être de marcher. L'appât d'une telle capture suffit à décider le policier qui dit encore, tant la chose lui paraissait formidable:

— Tu es sûr?

— Sûr, répondit Javel avec autorité. Tu vois que cela vaut le dérangement.

— Tu peux compter sur moi. Je le tiens bien.

— Et surtout, pas de gaffe. Le bougre a de l'oeil et des jambes...

— Moi aussi.

124

— À dix heures, quelqu'un aux nouvelles, 16, rue de Douai?

— Compris...

Javel fit demi-tour et redescendit vers l'intérieur de Paris. Il était tranquille. Coche ne lui échapperait pas, et s'il s'était trompé, nul, sauf le camarade intéressé à présent au même titre que lui à ne pas ébruiter l'affaire en cas d'insuccès, ne connaîtrait l'emploi de sa nuit.

Depuis le Luxembourg, Coche n'avait plus tourné la tête. Il allait devant lui, au hasard, plus averti du danger par son instinct que par le regard échangé avec le policier. Par instants, il ralentissait sa marche pour mieux entendre le bruit de ce pas qui se mesurait sur le sien. Une seconde, lorsque les deux policiers s'étaient rencontrés, il s'était cru sauvé. À ce moment, s'il avait trouvé une rue transversale, il aurait fui à toutes jambes, mais bientôt le bruit de pas lui était parvenu, plus net, et il avait compris que deux hommes au lieu d'un étaient à sa poursuite. Il retrouvait dans sa course des angoisses pires que celles de la nuit du crime, quand il remontait seul le boulevard désert. La même peur de l'inconnu le tenait, le même silence que rien ne traversait, emplissait ses oreilles; plus le terrain s'allongeait au-devant de lui, plus il se hâtait et moins il croyait avancer. Il sentait des regards peser sur sa nuque, devinant les voix chuchotantes, comme si l'imperceptible frisson qu'elles mettaient dans l'air était arrivé en ondes sonores jusqu'à lui. Son excitation nerveuse était telle, qu'il serra la crosse de son revolver, résolu à faire brusquement demi-tour et à tirer. Seule, une pensée, vraiment extraordinaire, l'empêcha de commettre cet acte insensé: la peur de ne trouver personne devant lui, et de se rendre compte qu'il était halluciné.

La folie lui était toujours apparue comme un spectre

effrayant, et l'idée qu'il lui faudrait se rendre compte d'une défaillance de sa raison, l'épouvantait. Or, il sentait qu'il n'était plus maître de lui, et que l'horrible peur s'installait dans son cerveau, paralysant sa volonté, faussant son jugement. Bientôt la fatigue l'envahit, cette fatigue brusque, qui coupe bras et jambes, contre laquelle on sent qu'on ne pourra lutter, qui vous met du plomb aux semelles, et fait tout oublier, chagrins, périls, remords. Il titubait, pris d'un besoin de sommeil impérieux, torturant comme la faim, comme la soif. Les dents serrées, l'épouvante à la gorge, il se répétait:

— Avance... Avance...

Tout au bout de l'avenue d'Orléans, près de la barrière, il aperçut la lanterne ronde d'un hôtel. Il sonna, attendit, appuyé contre le mur, que la porte s'ouvrit, demanda une chambre, se jeta tout habillé sur son lit, sans même prendre la précaution de fermer le verrou ni de tourner la clef, et s'effondra dans le sommeil comme on s'effondre dans la mort.

Deux minutes plus tard, le policier qui se souciait peu de finir sa nuit à la belle étoile, sonnait à son tour, et, de l'air le plus naturel du monde, disait au garçon:

— Donnez-moi une chambre a côté de celle de mon ami qui vient d'entrer. Quand il s'éveillera, vous me préviendrez, mais ne lui dites pas que je suis là. Je lui fais une blague...

Il monta l'escalier à pas de loup, et le garçon sorti, colla son oreille à la muraille. La respiration de Coche était pesante et cadencée. Alors, il s'étendit sur son lit, et, sûr de ne pas le manquer, s'endormit à son tour.

Cette nuit-là, Coche rêva qu'il était dans une prison, et

qu'un gardien surveillait son sommeil: la réalité se rapprochait étrangement du rêve. Depuis quelques heures, il avait cessé d'être libre pour n'être plus qu'une bête traquée qui, peu à peu, allait sentir se rétrécir tout autour d'elle, le cercle infranchissable des limiers...

À 8 heures du matin, Javel reprit sa faction devant le 16 de la rue de Douai. Il aurait pu monter tout simplement chez Coche, et parler à la femme de ménage; il préféra éviter la concierge, et attendit sur le trottoir qu'elle sortît. Comme il est sans exemple qu'à Paris une concierge demeure plus d'une heure dans sa loge, surtout le matin, à l'heure où les cancans s'éveillent, il était sûr de pouvoir bientôt passer sans être vu. Quelques minutes plus tard, en effet, la concierge sortait. Il en profita pour entrer. Il ignorait à quel étage demeurait le journaliste, mais ce léger détail ne l'arrêta pas, et, sonnant à la première porte venue, il demanda:

— M. Coche, s'il vous plaît?

— Ce n'est pas ici, c'est au quatrième.

— Je vous demande pardon...

Au quatrième, une vieille femme vint lui ouvrir:

— Monsieur est là? fit-il du ton d'un homme qui pose cette question pour la forme, certain qu'à pareille heure «Monsieur est là».

— Non, Monsieur...

Il sourit:

— Dites que c'est moi... il me recevra sûrement... Vous n'aurez qu'à faire passer mon nom, Monsieur...

— Mais, je vous assure que Monsieur n'est pas là.

127

— J'aurais cru... C'est bien ennuyeux... Vous ne savez pas quand il rentrera?...

La femme leva les bras:

— Je ne sais plus maintenant. Voilà quatre jours qu'il est parti... Il peut rentrer d'un moment à l'autre, comme il peut ne pas rentrer.

— C'est que, murmura Javel, j'aurais bien besoin de le voir...

— Qu'est-ce que vous voulez? fit la femme, entrez... peut-être il va revenir...

— Oui... je vais attendre un instant.

Il pénétra dans le cabinet de travail et s'assit, se demandant comment il pourrait engager la conversation. Mais il n'eut pas à faire le moindre effort d'imagination. La femme de ménage se chargea de tout, et sans qu'il lui posât la moindre question, répéta:

— Oui, voilà quatre jours qu'il n'est pas rentré. C'est drôle, vu que d'habitude il ne s'absente jamais sans prévenir. Il y a là pour lui des lettres, des dépêches; des personnes le demandent, et on ne peut pas les renseigner...

— Peut-être est-il allé dans sa famille?

— Oh! sûrement non. Sa valise est là... et puis, il est parti drôlement...

— Vous l'avez vu partir?

— Non. Quand je suis arrivée ici le matin, j'ai trouvé le lit défait, ses habite de soirée sur une chaise... J'ai tout rangé, nettoyé. Comme d'ordinaire il ne sort jamais avant onze heures, ça m'a bien un peu étonnée; en rentrant chez moi, pour déjeuner, je ne sais pas pourquoi, ça me trottait par la tête et vous ne savez pas quelle idée m'est venue?... (il faut vous dire qu'une fois déjà, il était parti comme ça de très bonne heure, pour aller se battre en duel) je me suis dit que c'était peut-être bien ça, encore...

— Oh! croyez-vous?... Je l'aurais su...

— À présent, je dis comme vous. Mais sur le moment, ce qui me faisait croire, c'est qu'on aurait dit qu'il s'était disputé. Lui, d'habitude si soigneux, vous savez bien, puisque vous êtes son ami...

— Oui, oui, s'empressa de répondre Javel, très soigné...

— Eh! bien, son plastron était taché de sang et...

— Et? fit le policier prodigieusement intéressé...

— Le poignet de sa chemise était tout froissé, déchiré, et il avait perdu un de ses boutons de manchettes, un de ses boutons... qu'il y tenait tant...

— Ses boutons en or avec des turquoises?

— Je ne sais pas comment ça s'appelle...

— Enfin?... dit Javel, bégayant presque de joie.

«Des petites pierres bleues...»

— C'est ça. Eh! bien, la boutonnière était arrachée, et le bouton manquait, alors vous vous seriez dit comme moi qu'il s'était disputé, vu que c'était un bon garçon, mais...

Javel s'empressa d'interrompre la vieille femme. Tout ce qu'elle pouvait dire maintenant était sans intérêt, auprès de ces deux déclarations formidables: du sang sur la chemise, et surtout la disparition d'un bouton, dont la description répondait à celle du bouton trouvé dans la chambre du crime!

Mais encore la chose lui semblait si prodigieuse, le hasard avait l'air de tout préparer pour lui avec une telle complaisance, qu'il voulut voir et savoir tout de suite. Aussi, dit-il, feignant l'étonnement:

— Êtes-vous sûre?...

— Comment si je suis sûre? Puisque vous connaissiez ses boutons, vous allez juger. J'ai gardé la chemise tout exprès, dans le cas qu'il ne s'en serait pas aperçu, et qu'il aurait cru, que moi, je l'aurais perdu. Je vais vous montrer.

Elle passa dans la chambre à coucher, mais à peine y était-elle entrée, qu'elle s'écria:

— Ah! ça, par exemple, c'est trop fort! il est venu depuis hier et il a changé de linge! L'armoire est toute sens dessus dessous... Tenez, dans le panier, voilà sa chemise de flanelle; elle n'y était pas hier...

— Diable, songea Javel, est-ce que par hasard, en venant cette nuit, il aurait fait disparaître la chemise maculée de sang et le bouton de manchette? Je sais bien que la vieille serait toujours là pour reconnaître celui que nous avons, mais ce serait moins net, et moins brillant surtout...

Il la suivit dans la chambre à coucher, tout en murmurant:

— Qu'est-ce que vous dites là?... qu'il a changé de linge ici, hier?...

— Et je suis bien sûre de ce que je dis... Voilà sa chemise de flanelle qu'il ne met que pour le matin; hier, il n'y avait dans le panier de linge que la chemise de soirée, avec sa tache de sang... là... et son poignet déchiré ici... Quant à l'autre bouton de manchette que j'ai retiré, il est... sur la cheminée... vous voyez que je ne vous mens pas...

On aurait mis entre les mains du policier la plus admirable des pierres précieuses, qu'il l'eût contemplée avec moins de joie, d'amour, que ce bijou sans valeur. Il le tournait, le retournait, et plus il le maniait, plus il le frôlait de ses doigts tremblants, plus son oeil s'allumait de plaisir, plus la certitude s'établissait en lui, qu'il était identiquement pareil au bijou ramassé boulevard Lannes.

Ainsi, en moins de vingt-quatre heures, guidé par un chiffon de papier portant des lettres sans suite, il était parvenu à éclaircir ce mystère qui paraissait indéchiffrable! Tant qu'il n'avait eu contre Coche, que le morceau d'enveloppe, il n'avait pas osé formuler son soupçon. Mais, là, le doute n'était plus possible. Tout apparaissait avec une netteté extraordinaire. La tache du plastron? Du sang qui avait rejailli! la manche déchirée, le bouton arraché?... Tout dans la chambre du meurtre n'indiquait- il pas que le vieillard s'était défendu désespérément, qu'il y avait eu lutte, corps à corps?...

Une seule chose, demeurait louche, inexplicable: l'attitude de Coche depuis la découverte du crime, son sang-froid souriant, son désir de revoir, avec le Commissaire, le corps de la victime — sa victime! Enfin, comment expliquer qu'un garçon tranquille, heureux, honorable, soit devenu subitement un voleur, un criminel!... À moins d'admettre la folie... Mais, cela n'était plus de son ressort. Sur un indice que d'autres avaient jugé sans valeur, il n'avait pas craint de partir en campagne, et la piste sur laquelle il s'était engagé l'avait conduit au but avec une rapidité surprenante: il n'en demandait pas davantage. Dans une heure, l'affaire serait terminée, Coche serait arrêté, bouclé... à moins que le camarade ne l'ait laissé filer... À cette seule pensée, une rage lui traversa l'esprit, et, pour se rassurer lui- même, il se répéta:

— Ce n'est pas possible. Il n'a pas fait ça!

Maintenant qu'il savait tout ce qu'il pouvait savoir, il était trop impatient d'avoir des nouvelles de celui qu'il considérait déjà comme son prisonnier, pour continuer à bavarder une minute de plus avec la vieille. Il regarda sa montre et dit:

— Je ne peux plus l'attendre. Je m'en vais, mais je reviendrai...

Et, en prononçant ces mots: «Je reviendrai», il sourit malgré lui, trouvant un charme étonnant à exprimer cette pensée si simple, et cependant si lourde de menaces. Sous la voûte, il croisa la concierge, mais ne s'arrêta pas. Quand il arriva dans la rue, il était exactement neuf heures et demie. Un homme faisait les cent pas. Aussitôt qu'il le vit l'homme vint à lui, et dit entre les dents:

— Javel?...

— Parfaitement, fit le policier, et il ajouta:

«Où est-il?

— À l'hôtel qui fait le coin de l'avenue d'Orléans et du boulevard Brune... Avec le camarade.

— Très bien. Saute dans un fiacre, va les rejoindre, et retenez- le pendant une heure. Au besoin, n'hésitez pas à lui mettre la main au collet. Je prends tout sur moi, ne craignez rien, tout va bien.

L'homme partit. Javel monta en voiture, donna l'adresse du
Commissariat, et, rassuré, triomphant, se frotta les mains.
Pour l'instant, il n'entrait dans sa joie aucun espoir de
gratification ni d'avancement. Il était pris par le seul plaisir
du succès, par un plaisir neuf, désintéressé, et se sentait
envahi d'un orgueil tel qu'il n'eût pas cédé son secret pour
une fortune.

En arrivant, il trouva dans l'escalier un camarade qui lui
glissa:

— Monte vite. Le patron t'attend. Je crois qu'il va te raconter
quelque chose.

Javel haussa les épaules et répondit, sans se presser:

— Ça va... ça va...

Il s'attendait à une réprimande pour avoir quitté son service
sans prévenir, et sans chercher les ordres. Les événements
avaient pris une tournure telle qu'il n'avait eu ni le temps, ni
l'idée, de prêter la moindre attention à ces détails. Bien plus,
il ne lui déplaisait pas d'être mal reçu: il ménageait ainsi un
effet plus certain à la nouvelle qu'il apportait. Aussi,
lorsqu'il fut devant son chef, laissa-t-il passer l'orage sans
l'arrêter par la moindre protestation.

Le Commissaire était d'autant plus nerveux qu'un juge
d'instruction venait d'être commis pour suivre l'affaire, et
qu'il allait se trouver dans l'obligation de lui transmettre un
commencement d'enquête ridiculement pauvre. Il saisit donc
l'occasion de faire retomber sa colère sur quelqu'un.

Il était vraiment extraordinaire qu'un inspecteur en prît
ainsi à son aise! Qui avait donné à Javel l'autorisation de ne
pas revenir? Il l'avait chargé d'une mission, et Javel se
permettait de donner simplement un coup de téléphone! Si

133

pourtant il avait eu besoin de lui?... Et il en avait eu
besoin... Les autres inspecteurs étaient occupés; il comptait
sur lui, l'avait attendu jusqu'à huit heures. Si à ce moment il
avait eu un homme sous la main, il tiendrait peut-être la
bonne piste maintenant. Qu'avait- il à dire à cela? Quelle
explication, quelle excuse pouvait-il donner de son sans-
gêne?

— Monsieur le Commissaire, dit enfin Javel, en choisissant
ses mots, vous pensez bien qu'il a fallu un motif grave pour
m'empêcher de faire mon service, comme vous désirez qu'il
soit fait. Ce motif, le voici: Suivez-moi; dans moins d'une
heure, je vous aurai montré l'assassin du boulevard Lannes,
et vous n'aurez plus qu'à l'arrêter. Vous voyez que je ne me
suis pas amusé cette nuit, et, quant à votre piste — à moins
qu'elle n'ait été la même que la mienne — je puis vous
garantir qu'elle ne valait rien.

Le Commissaire l'écoutait bouche bée. La nouvelle lui
paraissait tellement invraisemblable, qu'il se demandait si
l'inspecteur ne se moquait pas de lui, et qu'il lui dit, plutôt
pour être sûr d'avoir bien entendu, que par manque de
confiance dans sa perspicacité:

— Répétez-moi ce que vous venez de me dire?

— Je vous répète que je tiens l'assassin du boulevard Lannes,
et que dans une heure vous le tiendrez, vous aussi.

— Enfin, comment en êtes-vous arrivé?...

— Écoutez, Monsieur le Commissaire, si sûr que je sois de
mon fait, il n'y a pas de temps à perdre: mieux vaut tenir que
courir: partons. En route je vous donnerai tous les détails
que vous voudrez. Pour l'instant, je vais vous en fournir un
qui n'est ni le moins surprenant, ni le moins décisif:

l'homme qui a tué le vieux du boulevard Lannes, l'homme que j'ai filé toute la nuit, l'homme qu'un camarade a couché avenue d'Orléans et qu'il garde à cette heure, l'homme enfin que vous allez arrêter de ce pas se nomme Onésime Coche.

— Êtes-vous fou? s'écria le Commissaire.

— Je ne pense pas... et, quand je vous aurai dit que le bouton de manchette trouvé près du cadavre a son frère jumeau sur la cheminée d'une maison portant le numéro 16 de la rue de Douai, vous reconnaîtrez comme moi, qu'il ne sera pas sans intérêt de demander à M. Coche Onésime, ce qu'il faisait dans la nuit du 13.

CHAPITRE VIII

L'INQUIETUDE

Onésime Coche s'éveilla vers dix heures et demie, la tête lourde et les membres reposés. Durant la nuit, tant de rêves fantastiques avaient traversé son sommeil, que ses idées avaient peine à se réunir. Il s'étonna d'abord de se trouver dans cette chambre qu'il n'avait jamais vue, et d'être tout habillé sur son lit. Il faisait froid. Autour de lui tout était triste, inconfortable et sale. Des chiffons froissés dépassaient la trappe rouillée à la cheminée. Aux murs, le papier clair à fleurs rosés et bleues, se moirait de taches d'humidité ou de graisse. Le lit était douteux. Le couvre- pieds rapiécé laissait passer par endroits des flocons d'étoupe jaunâtre, et, à un porte-manteau planté de côté, pendait une vieille jupe de femme. Ce fut seulement après avoir regardé pendant un moment tout cela que le souvenir de son retour chez lui, de sa course à travers Paris, au hasard des boulevards et des rues et de sa certitude d'avoir été suivi, au moins depuis le Luxembourg, lui revint. Il essaya de raisonner froidement:

«Il avait été suivi?... Était-ce bien vraisemblable?... Pourquoi choisir l'hypothèse la plus compliquée alors qu'il était si simple et si naturel de croire que l'homme qu'il avait croisé en haut du boulevard Saint-Michel, était un paisible passant?... Cet homme avait exactement suivi sa route... Et après? Il n'était pas dans un quartier perdu, en rase campagne!... L'homme pouvait fort bien rentrer chez lui, et pourtant il n'avait pu se défendre de frissonner quand leurs regards s'étaient croisés. Son angoisse un instant apaisée le reprit. Il sentit le froid et la tristesse morne de cette chambre de rencontre, décor de drame pauvre, taudis où avaient défilé sans doute toutes les laideurs et toutes les misères des hommes. Il avait dormi son sommeil d'homme libre, innocent, sur ce lit défoncé ou peut-être des escarpes, des criminels avaient passé la nuit, accroupis, l'oeil grand ouvert dans l'obscurité, l'oreille au guet, les doigts crispés sur le couteau... Ces terreurs jadis obscures, vagues dans son esprit, lui devenaient familières. Il en comprenait la torture, en excusait l'exaspération, et sentait comment le criminel transformé soudain en bête aux abois, se ramasse dans son coin pour faire tête à ceux qui le poursuivent, et se jette en avant, non pour vendre chèrement sa vie, mais pour la seule joie féroce d'apaiser, dans le meurtre, l'épouvante des nuits sans fin. Le drame terrible de la capture se jouait dans son imagination. Il se voyait, lui, terrassé, empoigné par des mains brutales; il sentait des souffles chauds passer sur son visage, et tout cela faisait éclore en lui une sorte d'héroïsme de barrière...»

Il se leva, s'approcha de la fenêtre, et, sans oser soulever le rideau, regarda la rue. Sur le trottoir, un homme allait et venait à pas lents. Croyant que cet homme levait les yeux vers lui, il recula, sans cesser d'observer; pour la seconde fois l'homme leva les yeux. Alors, une sueur glacée descendit entre ses épaules. Le doute n'était plus possible. Cet homme attendait, guettait quelqu'un, et ce quelqu'un, c'était lui!... Il voulut chasser cette pensée absurde, mais il ne pouvait plus en détacher son esprit, et de nouveau les visions de lutte, qui l'avaient assailli tout à l'heure, s'étalèrent devant lui.

À l'heure des pires dangers, l'homme sentant sa faiblesse, redevient enfant. L'état du premier âge laisse en nous une trace si profonde, qu'elle reparaît aussitôt que notre raison, notre intelligence acquises, fléchissent. La raison de Coche, épuisée par les transes de la nuit se troublait insensiblement. Sa crainte se muait en une sorte d'hébétement si complet qu'il en arrivait à croire que tout n'était qu'illusion, fantaisie. Et dans cette minute poignante, il se mit à jouer involontairement au coupable, comme lorsqu'il était petit, il jouait tout seul à la guerre, à la chasse, à la fois général et soldat, chasseur et gibier, éprouvant tour à tour toutes les émotions, s'effrayant du bruit de sa voix et de la fureur de son geste, mimant pour un spectateur imaginaire qui était lui, les drames gigantesques et insoupçonnés éclos dans son âme d'enfant.

Dans ce jeu sinistre, il était naturellement le coupable. Il se savait surveillé du dehors. Devant sa maison, des hommes montaient la garde. D'autres se glissaient dans l'escalier. Il entendait les marches craquer lentement sous leurs pas. Le bruit cessait, puis reprenait. Un murmure étouffé de voix venait jusqu'à lui. Il distinguait bientôt des mots, des bribes de phrase:

— Il y est... Faites attention... Pas de bruit...

Et puis, plus rien... Que faire? Il était cerné de toutes parts... Sous ses fenêtres, des espions étaient postés. De ce côté, la fuite était impossible. Près de la cheminée une porte communiquant avec une chambre voisine était fermée par deux crampons de fer: jamais il n'aurait le temps de les faire sauter... Alors, quoi? Attendre, que la porte de ce palier s'ouvrît et foncer la tête basse sur les assaillants?... Oui, c'était bien cela...

Il prit son revolver, retira la baguette de sûreté, et accroupi dans l'angle de la fenêtre attendit... Les voix (rêve, jeu, réalité?) étaient plus distinctes. L'une disait:

— Au moindre geste... C'est convenu?

Le silence se fit. Pas une voiture ne passait dans la rue. La vie semblait s'être arrêtée soudainement. D'une pièce voisine, arrivait net et cassant, le tic-tac d'un réveil-matin... Tout à coup on frappa à la porte... La chose parut toute naturelle à Coche, non que l'idée lui vînt un seul instant que c'était le garçon entrant pour le service. N'était-il pas dans son jeu inconscient, traqué par la police? Elle était là, derrière cette porte... La logique voulait qu'il ne répondît pas: il se tint coi et assura son revolver. On frappa une seconde fois: même silence; soudain, la porte s'ouvrit. Il s'attendait si bien à la voir s'effondrer sous une poussée violente qu'il demeura stupéfait, oubliant que la veille, il avait omis de la fermer. À peine eut-il le temps de braquer son revolver, déjà des mains s'abattaient sur lui, maintenant ses épaules, tordant ses poignets. La surprise, la douleur furent si fortes, qu'il lâcha son arme, et se laissa passer les poucettes sans résistance. Alors seulement il comprit ce qui venait de se passer, que le jeu était devenu une réalité, et qu'il était pris. Il restait debout, arraché avec une telle violence à son espèce de rêve, que les événements les plus extraordinaires ne parvenaient plus à l'étonner. Peu à peu, avec la notion exacte des choses, le sang-froid lui revint; il entendit la voix narquoise du Commissaire qui disait:

— Mes compliments, Monsieur Coche!

Et cette voix suffit pour lui rendre le sentiment de la réalité.

Or, par un revirement étrange il éprouva un soulagement réel. Ce qu'il redoutait tant depuis quatre jours s'était produit: il était pris!

Il allait donc pouvoir se reposer et dormir, innocent, le sommeil paisible de ceux qui n'ayant rien à se reprocher, abaissent leurs paupières sur des yeux où nulle vision de crime n'a passé. Enfin et, pour la première fois peut-être, depuis la nuit du 13, il eut la notion exacte qu'il atteignait son but, et que son reportage triomphal commençait. Ses traits se détendirent insensiblement, il prit une respiration large, tranquille, et sourit avec un peu d'ironie méprisante.

Quand on l'eut fouillé des pieds à la tête, et qu'on eût retourné le lit, les matelas, les draps, les oreillers, le Commissaire dit:

— En route...

— Pardon, fit Coche, — et il se réjouit de réentendre le son de sa voix — serait-il indiscret de vous demander, Monsieur le Commissaire, ce que signifie tout cela?...

— Vous ne vous en doutez pas un peu?

— J'entends bien que vos hommes se sont jetés sur moi, qu'ils m'ont terrassé, ligoté... j'ajoute même qu'ils ont serré les poucettes plus que de raison... mais je ne saisis pas très exactement pourquoi ces violences... J'imagine qu'on voudra bien me renseigner sur ce point... J'ai beau chercher dans ma mémoire, je n'y trouve pas le moindre souvenir d'un délit de presse; et en aurais-je commis un, vous ne m'appréhenderiez pas ainsi, escorté de dix agents de la sûreté dont Monsieur, ajouta-t-il en désignant Javel, qui a eu l'attention charmante de me tenir compagnie depuis hier soir...

Il avait repris une telle assurance qu'un instant Javel, le Commissaire et tous les autres se dirent:

— Ce n'est pas possible! Nous nous sommes trompés...

Mais une réflexion identique leur vint:

— Pourquoi, s'il n'a rien sur la conscience, nous a-t-il reçus le revolver au poing?

Réflexion qui se doubla pour le Commissaire et pour Javel, d'une question autrement plus précise et plus grave:

— Comment expliquer qu'un de ses boutons de manchettes ait été trouvé près du cadavre?...

Cela suffit à leur ôter jusqu'à l'ombre d'un doute. Coche, le cabriolet au poignet, descendit l'escalier entre deux inspecteurs.

L'hôtelier, debout sur le pas de sa porte, grogna:

— Et avec ça, j'y suis de ma nuit de chambre!...

— Mon pauvre homme, fit Coche, vous m'en voyez tout à fait désolé, mais ces Messieurs ont cru devoir s'emparer de mon porte- monnaie. En attendant qu'ils me le rendent, adressez-vous à eux... On le poussa dans une voiture à galerie. En traversant la foule amassée sur son passage, il eut un mouvement de honte. Quand la voiture se mit en marche, une voix stridente s'éleva:

— À mort l'assassin! À mort!

Dans une foule il se trouve toujours quelqu'un pour être au courant de tout. Cette fois encore le secret avait transpiré. Aussitôt, de nouvelles huées partirent en fusée, féroces, haletantes, et un grondement monta menaçant:

— À mort! À mort!...

En un clin d'oeil, la voiture fut entourée des hommes, des femmes, des enfants, accrochés aux ressorts, cramponnés à la tête des chevaux, hurlaient:

— Lâchez-le! qu'on le tue! À mort!...

Un inspecteur se pencha vivement à la portière et cria au cocher:

— Qu'est-ce que vous attendez? Au trot, nom de...

Des agents accourus dégagèrent enfin le fiacre qui s'ébranla parmi les vociférations. Les plus acharnés se mirent à courir derrière, s'essoufflant à clamer:

— À mort! À la guillotine!...

Les gens qui, sur le pas de leur porte voyaient passer cette voiture escortée d'agents cyclistes, se joignaient pendant quelques mètres au cortège, criant aussi:

— À mort! À mort!...

Enfin, à la hauteur de la rue d'Alésia, un encombrement de la chaussée où deux tramways Montrouge-Gare de l'Est arrivaient en sens inverse, permit au cocher de prendre un peu d'avance et de semer les braillards.

Enfoncé dans son coin, Coche n'avait pas ouvert la bouche depuis le départ. Tout au plus avait-il dit un timide merci quand un des inspecteurs avait baissé les stores pour le soustraire à la curiosité du public. Les cris, les menaces de tous ces gens l'avaient d'abord effrayé puis écoeuré. Ainsi c'était là ce peuple de Paris, le plus intelligent du monde? Dans ce pays, berceau de toutes les libertés, dans cette ville d'où s'étaient levées toutes les paroles de justice et de raison, voilà de quelle haine aveugle on entourait un homme dont on ne savait rien que ceci: qu'il était traîné en prison; voilà de quelles imprécations effroyables on l'accablait, parce qu'une voix, une seule voix, avait crié: «À mort!» La terrible partie qu'il avait engagée ne lui eût-elle fait sentir et comprendre que cela, il n'eût rien regretté des angoisses traversées, des vexations à subir. Les choses maintenant allaient prendre une marche normale; l'aventure prodigieuse et paradoxale commençait de la souris jouant avec le chat.

Son ironie facile, un instant retrouvée après son arrestation, était tombée. La justice lui apparaissait comme une machine infiniment plus complexe qu'il n'avait cru, d'abord. À côté des policiers, des magistrats, des juges, restait cette chose obscure et formidable: Le Public.

Certes, en principe, la voix populaire s'éteignait aux portes du prétoire; certes les juges n'avaient pour les guider que leur connaissance des faits appuyée sur leur science des lois. Mais quel homme oserait se dire assez fort, assez juste, assez grand, pour se soustraire totalement à la volonté impérieuse des foules?... Un vrai coupable a presque autant à redouter le verdict du peuple que celui de ses juges. Les peines, quoi qu'on dise, varient avec les mouvements d'opinions. Tel crime, aujourd'hui puni de quelques mois de prison ne conduisait-il pas autrefois son auteur aux galères? Damiens, roué vif pour avoir porté à Louis XV un coup de canif insignifiant, aurait-il été condamné au vingtième siècle à plus de deux ans de prison pour insulte envers le chef de l'État?...

Le premier interrogatoire sommaire terminé, Coche fut enfermé dans une petite cellule du poste.

Derrière sa porte, il entendait causer les agents, et de temps en temps, l'un d'eux venait jeter un coup d'oeil sur lui, par un judas.

Vers midi, on lui demanda s'il avait faim. Il répondit: «Oui». Mais il avait la gorge serrée, et la seule pensée de la nourriture lui soulevait le coeur. Pourtant, pour ne pas avoir l'air trop ému, quand on lui tendit la carte d'un restaurant voisin, il fit son menu — au hasard d'ailleurs. On lui apporta sa viande toute découpée, et ses légumes, dans de petites assiettes épaisses et lourdes. À force d'avoir été heurtées et lavées, leur émail avait éclaté par endroit, et l'eau grasse s'infiltrant entre les fentes, y avait étendu des taches grises craquelées. Il essaya de manger, ne put avaler une bouchée, mais il but avidement sa bouteille de vin et sa carafe d'eau, après quoi, il se mit à aller et venir dans sa cellule, pris d'un désir de mouvement, d'air, de liberté. Sauf les menottes qui lui avaient un peu serré les pouces, il n'avait pas été maltraité. Il avait cru les agents plus brutaux, plus revêches, et s'était déjà préparé à parler haut, au nom de son droit d'homme innocent et devant être traité comme tel, tant que les tribunaux ne l'ont pas frappé. Il s'était imaginé, surtout, que lui-même serait bien différent de ce qu'il avait été.

Au cours des derniers jours écoulés, quand il réfléchissait à ce que serait son attitude après son arrestation, il croyait conserver sa vigueur et sa gaîté, quelques heures de prison avaient suffi à modifier ses pensées. Peu à peu, l'exceptionnelle gravité de son acte commençait à lui apparaître, et, avant même que d'avoir pris contact avec la justice, il s'effrayait de tout ce qui l'entourait. Cependant, toutes ses pensées avaient une conclusion rassurante.

«Quand j'en aurai assez, je ferai cesser la comédie, et voilà.»

Avec le jour tombant, ses idées prirent un tour plus triste.

Rien n'évoque mieux les douceurs de l'intimité, la chambre tiède, où brûle la bûche silencieuse, la lampe et le grand rond étalé sur la nappe, et la tiédeur de la bonne maison, que le petit froid traître qui, le soir, se répand dans les pièces sombres où viennent mourir assourdis, tous les bruits de la

144

rue. Les agents groupés autour d'une table avaient allumé
une mauvaise lampe, et l'odeur du pétrole se mêlait au relent
de cuir et de drap mouillé qui le gênait depuis le matin.
Pourtant, dressé sur la pointe des pieds, l'oeil au judas, il
regardait avidement ces gens paisibles accoudés dans des
poses lasses, et surtout cette lampe au verre ébréché, piqué
de taches rousses, mais d'où venait un peu de la clarté qui
lui manquait dans sa cellule. Vers six heures, on ouvrit sa
porte. Il crut qu'on allait l'interroger, mais un agent lui
passa le cabriolet et le poussa dans le poste. Il se trouva là
avec deux pauvres diables déguenillés, un pâle voyou qui
ricanait, la cigarette au coin des lèvres, et deux filles qui lui
rappelèrent celle qu'il avait vue la nuit sur le boulevard
Lannes. Un garde municipal fit défiler devant lui les
prisonniers, les compta, puis un par un, les fit monter dans
la voiture cellulaire qui stationnait devant la porte. Coche
passa le dernier et entendit un des agents dire au garde en le
désignant:

— Tâche un peu d'ouvrir l'oeil pour celui-là!

Il n'eut qu'un pas à faire pour traverser le trottoir, et,
machinalement détourna la tête pour ne pas rencontrer les
regards des badauds.

Comme il avait les mains liées, on dut l'aider à monter. On le
fit entrer dans le dernier boxe. Il s'assit, les genoux heurtant
les planches. La porte se ferma sur lui et la voiture, au trot
de ses deux vieux chevaux, se mit en route, dansant sur le
pavé.

Cette fois, la grande épreuve commençait. Elle s'annonçait
dure, mais quelle joie ce serait pour lui de se jouer des
magistrats, de la police; de les surprendre en flagrant délit
d'erreur ou de partialité, et de leur arracher enfin, sans qu'en
aucun moment, ils pussent se défier, ces interviews uniques

qui le classeraient en tête des plus ingénieux parmi les journalistes...

Il se disait cela, plutôt pour se donner du courage que par conviction, conservant, il est vrai, l'espoir de retrouver sa bonne humeur et la lucidité de son esprit après une nuit de repos.

Le lendemain, et le jour qui suivit, il ne vit que ses gardiens. Bien que la solitude lui pesât, il se sentit d'abord moins angoissé qu'il ne l'avait été, lorsqu'il se promenait libre dans Paris.

Tout le jour, il restait étendu sur son lit; la nuit il dormait assez bien, gêné seulement par la lumière de la lampe électrique placée exactement au-dessus de sa tête. Puis, peu à peu, la surveillance constante dont il était l'objet, l'irrita. Après avoir redouté la solitude, il la souhaita complète. La pensée que tous ses gestes étaient épiés, tous ses mouvements suivis, lui devint odieuse, et un doute, repoussé d'abord, puis, d'heure en heure plus poignant, grandit en lui:

«Pourquoi? Sur quel indice l'avait-on arrêté?»

Certes, il s'en doutait, mais, jusqu'ici, personne ne le lui avait déclaré d'une façon formelle, si bien qu'il se trouvait emprisonné, au secret, sans connaître officiellement la raison de son arrestation. Si pourtant il était accusé d'un autre crime? Vingt histoires de forçats reconnus innocents dans la suite venaient à son esprit. Il se sentait armé suffisamment pour se défendre contre une accusation dont il avait lui-même établi toutes les bases, mais non contre les charges que le seul hasard pouvait avoir amassées sur lui.

Quand son esprit parvenait à s'affranchir de cette angoisse, une autre question se posait:

«Comment avait-il pu être pris aussi vite? Quelle imprudence
avait mis la sûreté sur sa trace? Qu'avait-on trouvé qui
permît de le désigner formellement? Tout ce qu'il avait placé à
dessein dans la chambre du crime, le bouton de manchette
aussi bien que les bouts d'enveloppe, était destiné à fortifier,
à appuyer des présomptions, mais il ne trouvait rien dans
son attitude qui fût capable d'expliquer comment on avait
été amené à chercher de son côté.»

Il se demandait si, dès la première heure, des forces
inconnues ne l'avaient pas environné. S'il n'avait pas été
suivi la nuit même du crime.

Il essayait de se remémorer tous les visages entrevus, dans la
rue, au restaurant, à l'hôtel: Aucun ne répondait à l'idée
qu'il se faisait de l'être mystérieux qui, durant quatre jours
aurait évolué dans son ombre. Et là encore l'inconnu
l'épouvantait.

D'invraisemblable qu'elle était d'abord, cette pensée lui
sembla possible, de possible elle lui sembla probable,
certaine...

«Ainsi, pensait-il, j'ai vécu quatre jours, accompagné d'un
être qui ne m'a pas quitté, dont les regards pesant sur moi,
m'ont peut-être dicté tous mes gestes!... Qui sait?... peut-être
aussi, cet être fut-il mon maître avant mon entrée dans la
maison du crime?... Si, pourtant, il m'avait suggéré l'idée de
la comédie que j'ai jouée et que je joue encore?... Je serais en
son pouvoir, je serais sa chose; il me dicterait mes actes, mes
paroles... À travers les murs de ma prison, il substituerait sa
volonté à la mienne, et moi, vivant, agissant et pensant, je
ne serais plus qu'une loque avec la forme humaine, et
l'apparence de la vie, l'apparence de la volonté?... Alors, s'il

lui plaisait, demain, dans une heure, de me faire m'accuser d'un crime que je n'ai pas commis, d'effacer de ma mémoire les détails précis de cette nuit... j'obéirais encore?»

Son exaltation croissait de minute en minute. Il se mettait à écrire nerveusement, consignant les moindres faits de sa vie, les relisant pour s'assurer qu'ils s'enchaînaient logiquement, qu'il retrouvait dans ses notes la trace de sa pensée propre.

De tous temps, il avait redouté le merveilleux. Sans jamais parvenir à n'y pas croire, il n'osait nier l'influence des esprits, leur présence immatérielle dans le monde des vivants, leur intervention dans les événements de l'existence. Bien qu'il ne fût pas spirite, il ne s'était jamais senti le courage de rire devant une table tournante, et chaque fois qu'il avait entendu les coups mystérieux frappés par les pieds, il avait reçu la même commotion violente, et frémi du même doute menaçant.

Tout cela, loin de le pousser à l'aveu spontané de la supercherie, le réduisait à un état de faiblesse et de docilité prodigieux. Il se disait: «Si nul autre que moi n'a voulu ce qui arrive, je saurai délier ce que j'ai lié, dévider l'écheveau emmêlé par mes doigts; mais si des volontés supérieures m'ont fait agir, si je ne fus qu'un instrument entre les mains d'un autre... tout ce que je voudrais ne servirait à rien, puisque aussi bien je ne pourrais rien tenter, qui ne me soit dicté par celui auquel il est impossible que je n'obéisse pas...»

Bientôt il vécut dans un rêve, insensible à tout, attendant avec une patience et un fatalisme d'Oriental, que les événements, se succédant, voulussent donner corps à ses doutes. Ainsi coula en lui une sorte de bonheur vague, fait surtout d'indifférence, et le troisième jour, quand il monta en voiture pour se rendre au cabinet du juge d'instruction, il eut devant ses gardiens une attitude telle qu'ils crurent un instant que le secret avait abattu sa volonté, et qu'il avouerait avant un quart d'heure.

CHAPITRE IX

La légende se plaît à peindre les juges d'instruction avec une
face maigre, des lèvres minces, et une lueur menaçante dans
les yeux. Au dire de certains, leur regard aurait on ne sait
quel pouvoir fascinateur pareil à celui des grands oiseaux de
proie; par définition, le magistrat instructeur est le premier
et le plus redoutable ennemi de l'accusé. Il est (malgré que la
loi ait voulu garantir les prisonniers contre son caprice, son
parti pris, son arbitraire), le maître de leur honneur, de leur
liberté, de leur vie. Cynique et retors, il frôle le code, sans
jamais le heurter; il n'a plus le droit de mettre le prévenu au
secret, de l'interroger hors de la présence de son avocat, mais
il tourne la difficulté en retardant sa comparution devant lui,
en ne posant que des questions d'apparence assez simple
pour ne pas éveiller ses craintes; et si, par aventure, le
prévenu devinant le piège refuse de parler s'il n'est assisté de
son défenseur, il souscrit à sa demande, se réservant de
l'interroger dans la suite de telle sorte que l'avocat ne puisse
lui être d'aucun secours.

Onésime Coche savait tout cela, et c'est pour en rendre
compte avec toute l'exactitude possible, qu'il s'était engagé
dans cette affaire.

Or, le juge était un petit homme tout rond, avec une figure
replète, et de bons petits yeux qui semblaient rire sous les
lunettes. Il fit asseoir le journaliste devant lui et fouilla dans

ses dossiers tout en le regardant à la dérobée. Cet examen sournois acheva d'énerver Coche qui se mit à tapoter du bout du doigt sur le bord de son chapeau.

Un homme peut dissimuler sa pensée, mentir avec les yeux, conserver malgré tout un regard et une impassibilité tels que pas un de ses muscles ne bouge, réagir même contre la rougeur qui monte à son front ou la pâleur qui l'envahit, mais ses mains ne peuvent pas, ne savent pas mentir.

Nos mains ne nous appartiennent pas; notre volonté demeure sans prise sur elles; nos mains intelligentes, sottes, câlines ou brutales, sont les traîtresses que nous portons avec nous, et le juge ne quittait pas des yeux les mains de Coche. Quand il les vit frémir, il se dit que le moment de frapper le premier coup approchait; quand il les vit se crisper, il releva la tête et commença l'interrogatoire par quelques formalités indispensables: nom, âge, profession, etc., puis il reprit l'examen de ses dossiers tandis que Coche, de plus en plus énervé, crispait les poings sur ses genoux. Alors, jugeant la minute propice, sans autre préambule, le juge lui dit:

— Voulez-vous m'expliquer pourquoi vous avez brusquement disparu de votre domicile, et comment il se fait qu'on vous ait retrouvé il y a trois jours dans un hôtel borgne de l'avenue d'Orléans?...

Coche s'attendait à toute autre entrée en matière aussi ne fût-ce pas d'une voix aussi assurée qu'il l'eût souhaitée, qu'il répondit:

— Je désirerais avant de vous renseigner sur ce point, savoir pour quel motif je suis ici.

— Vous êtes ici parce que vous avez assassiné M. Forget,

boulevard Lannes.

Coche respira. Jusqu'à cette minute, bien que la chose fût invraisemblable, il n'avait pu oublier sa première crainte: «Si j'étais accusé d'un autre crime?» Il répliqua donc avec un étonnement qu'il avait trop longuement préparé pour bien le jouer:

— Ça, par exemple, c'est plus fort que tout!…

Et après un temps, il ajouta:

— D'autant que si je saisis la nuance, vous ne dites pas que je suis accusé de ce crime, mais bien que j'en suis convaincu?

— Il y a vraiment plaisir à causer avec vous, fit le juge. Vous comprenez à demi-mot.

— Vous me flattez, en vérité, Monsieur, mais, même pour répondre à votre politesse par une autre, il ne me paraît pas possible de me reconnaître coupable d'un crime que je n'ai pas commis…

— Je vais reprendre ma première question; vous y répondrez, et si vous me prouvez que vous êtes innocent, je vous remets en liberté, instantanément.

— Ah! songea Coche, tu me la donnes trop belle; voilà qui ne fera pas mal comme début de mes articles!…

Et, pesant tous ses mots, il répliqua:

— Pardon, Monsieur le juge, il ne faudrait pas intervertir les rôles: ce n'est pas à moi de prouver que je suis innocent, mais à vous de prouver que je suis coupable. Ceci posé et admis, je m'empresserai de répondre à toutes les questions qu'il vous plaira de me poser, pourvu qu'elles ne portent atteinte ni au repos, ni à l'honorabilité de tierces

152

personnes...

— Voici qui n'est pas compliqué comme moyen de défense. Vous laissez entendre que vous ne pourrez pas dire certaines choses, les choses capitales sans doute?

— Je ne laisse rien entendre du tout. J'ai indiqué dans ma phrase que je faisais deux réserves de principe: vous venez d'interpréter à votre façon la seconde, je vous rappelle la première, c'est que je ne parlerai que sous certaines conditions, comme par exemple, la présence de mon avocat.

— C'est trop naturel, et j'allais précisément vous le dire. Choisissez-vous donc un défenseur et nous remettrons la suite de l'interrogatoire à un autre jour...

— Mais je tiens, au contraire, à ce que mon interrogatoire ne soit pas retardé. Si le garde ou votre greffier veut bien descendre dans la galerie des pas perdus et me ramener le premier avocat venu, fût-il stagiaire de la veille, je m'en contenterai. Coupable j'essaierais de décider une sommité du Barreau à prendre ma cause en mains; innocent je demande un avocat parce que la loi exige cette formalité et que je suis respectueux de la loi, tout simplement.

Le garde revint au bout d'un instant accompagné d'un jeune avocat.

— Je vous remercie, Maître, de vouloir bien m'assister. En reste, les choses iront très vite. Maintenant, Monsieur le juge, je suis tout à fait à vos ordres.

— Alors, je reprends ma première question: Pourquoi avez-vous brusquement disparu de votre domicile, et comment se fait-il qu'on vous ait retrouvé il y a trois jours dans un hôtel borgne de l'avenue d'Orléans?

— J'ai quitté mon domicile parce qu'il ne me déplaisait pas de vivre quelque temps en dehors de chez moi, et j'ai couché Avenue d'Orléans parce que le hasard m'a conduit devant un hôtel, à une heure où il était trop tard pour redescendre dans Paris.

— D'où veniez-vous?...

— Ma foi, je ne sais plus...
— Je vais vous le dire, moi. Vous veniez de chez vous, 16, rue de
Douai...

— Comment? balbutia Coche stupéfait...

— Mais oui, de chez vous, où avez changé de linge, et cherché, à la manchette d'une certaine chemise de soirée, un bouton qui pouvait être compromettant à un moment donné. Ce bouton vous ne l'avez pas trouvé. Il n'était pas bien loin pourtant puisque le voici... Vous le reconnaissez?

— Oui, murmura Coche, véritablement effrayé de la rapidité et de la précision avec laquelle on l'avait pris en filature.

— Voudriez-vous me dire, maintenant, où vous avez perdu l'autre?

— Je ne sais pas.

— Je ne sais pas, je ne sais pas, vous ne sortez pas de là! Tout à l'heure, vous disiez: «C'est à vous de me prouver ma culpabilité et non à moi d'établir mon innocence.» Il y a des limites à tout. Cependant cette fois encore, c'est moi qui répondrai pour vous: Vous avez perdu l'autre bouton dans la chambre où Forget a été assassiné... on l'y a trouvé...

— Cela n'a rien de surprenant. J'y suis entré avec le

Commissaire de police. Ce bouton a pu se détacher et tomber...

— Oui. Mais comme vous portiez une chemise de flanelle dont les boutons devaient être cousus, votre explication n'en est plus une. D'ailleurs il est d'usage, quand on met un bouton de manchette à un poignet, de mettre l'autre à l'autre poignet. Or, je vous le répète, l'un des deux était resté après votre chemise de soirée d'où votre femme de ménage l'a détaché...

— Je ne m'explique pas…

— Moi non plus, ou plutôt, je ne m'explique que trop…

— Alors, Monsieur le juge, sur un simple indice, vous me croyez coupable? Voyons, ce n'est pas possible…

— Un simple indice, peste comme vous y allez! Moi j'appelle cela une charge, et une charge terriblement grave encore. Mais j'en ai d'autres. Que diriez-vous d'une lettre oubliée par vous sur les lieux du crime? Simple indice encore?…

— Je ne peux pas avoir oublié de lettre sur les lieux du crime, pour l'excellente raison que je m'y suis rendu, je vous le répète, avec le Commissaire de police, que je n'y suis pas resté plus de trois minutes, et que…

— Approchez-vous. Approchez-vous, Maître. Regardez ces bouts de papier. Placés au hasard, ils ne veulent rien dire, mais dans cet ordre, que voyez-vous? «Monsieur…ési… 22… ue de… E.V.», ce que je lis, en remplaçant les lettres disparues: «Monsieur Onésime… 22, rue de… E. V.». Votre prénom, admettez-le, n'est pas si répandu, que je ne puisse, par une simple supposition, le faire suivre de votre nom de famille qui n'y est pas, je le reconnais. Cela me donne: «Monsieur Onésime Coche, 22 rue de…».

— Ah! non! non! non! je proteste de toutes mes forces contre votre procédé de déduction! Avec quelques lettres éparses vous bâtissez un prénom, et vous y ajoutez délibérément mon nom. En admettant même votre manière de voir, la suite de votre traduction détruit tout ce que le commencement voulait établir. Voilà «22, rue de…» Rue de quoi, d'abord? Et puis, je n'ai jamais demeuré au numéro 22. Puisqu'on vous a si bien renseigné sur ma visite à mon appartement vous devez le savoir. Je désire que ma protestation figure au procès-verbal.

Et en lui-même il pensa:

«Voilà un petit moyen que tu me paieras cher à ma sortie de prison! Décidément, je me documente.»

— Votre protestation figurera au procès-verbal, soyez sans crainte. Mais nous la ferons suivre de la légère observation que voici: Retournons ces bouts de papier, et ces lettres éparses. — Hé, hé, vous regardez? — Lisez (en toutes lettres cette fois): «Inconnu au 22, voir au 16», — Vous demeurez 16, rue de Douai. Cette lettre, adressée par erreur au 22, vous a été retournée à votre domicile, et ce n'est pas la première fois qu'il y a eu confusion de numéros sur votre correspondance. Vous voyez qu'en affirmant qu'elle vous appartient, je ne me livre pas à des déductions fantaisistes. Maintenant, si vous avez quelque chose à répondre, je vous écoute…

Coche baissa la tête. En déchirant l'enveloppe, il n'avait pas songé à la rectification portée au verso, et il vit nettement que la conviction du juge était faite. Il se borna donc à répondre:

— Je ne sais pas, je ne m'explique pas. Ce que je puis vous affirmer, vous jurer, c'est que je suis innocent, que je ne connaissais pas la victime, que je ne l'ai jamais connue, et qu'enfin toute mon existence passée dément une pareille accusation.

— Je ne dis pas, fit le juge; mais en voilà assez pour aujourd'hui. On va vous relire votre interrogatoire, et vous le signerez, si vous voulez.

Coche écouta distraitement la lecture et signa. D'un geste machinal, il tendit les poings au garde qui lui passa les menottes, et sortit.

Dans le couloir, son avocat lui dit:

— Je viendrai vous voir demain matin, nous avons à causer longuement...

— Je vous remercie, fit Coche.

Et il se laissa emmener par les petits corridors jusqu'à la sortie du Palais. Seul de nouveau dans sa cellule, il se prit à réfléchir longuement, fortement. Il était loin le reporter aventureux, prompt à la riposte, ingénieux et risque-tout quand il fallait! Il commençait à se repentir d'avoir engagé une telle partie. Non qu'il eût la moindre crainte sur son issue; il savait que d'un seul mot il réduirait toutes les charges à néant. Mais, malgré tout, il sentait le cercle menaçant se resserrer autour de lui, et le doigt pris dans l'engrenage redoutable de la machine judiciaire, il comprenait qu'il lui faudrait faire un gigantesque effort pour ne pas y laisser le bras tout entier. Il s'était imaginé jeter à la faveur de la ruse, le trouble dans la police, l'acculer aux maladresses, aux imprudences: il s'apercevait qu'il avait accumulé des charges telles contre lui, que l'homme le moins prévenu n'aurait pas hésité à dire en le voyant!

«Voilà le coupable!»

La conviction du juge était naturelle, en somme. Qu'avait-il pu répliquer...? Rien! Il avait crié son innocence: Et puis? l'accent de la vérité? Cela se reconnaît à peu près comme «la voix du sang». C'est quand il dit la vérité qu'un menteur a l'air de mentir. L'angoisse de l'inconnu s'ajoutait à ses craintes. Quelles charges nouvelles le juge allait-il relever contre lui? Il n'avait su que répondre à des questions dont deux tout au moins étaient prévues: quelle serait son

158

attitude en face d'une accusation qu'il ne soupçonnait pas?
— Nier, nier, contre toute évidence, contre toute
vraisemblance: tel devait être son système. Quant à faire
naître l'ombre d'un doute dans l'esprit du magistrat, il n'y
fallait pas songer. Cependant — et il comptait là-dessus pour
faire hésiter l'instruction — quand on en viendrait aux
mobiles, il serait invulnérable. L'enquête révélerait qu'il
ignorait même l'existence de ce Forget, que personne dans
son entourage n'avait entendu parler de lui; or, on ne
pouvait retenir prisonnier un homme au passé
irréprochable, alors qu'on était hors d'état d'affirmer: «Voilà
pourquoi cet homme a tué.» Le lendemain, son avocat vint
le voir. Il lui parla d'abord en termes vagues, lui demandant
des renseignements sur sa vie, ses fréquentations, ses
habitudes. Il lui fit préciser certains détails insignifiants,
sans oser aborder nettement la question du crime. Au bout
d'un quart d'heure de conversation, Coche de plus en plus
nerveux lui dit:

— Voyons, Maître, la vérité: vous me croyez coupable…

L'avocat l'arrêta d'un geste:

— Ne m'en dites pas plus, je vous en prie. Je tiens pour
sincères, pour vraies, entendez-vous, pour vraies, vos
protestations d'innocence. Quel que lourdes que soient les
charges relevées contre vous, je n'y veux voir que l'effet d'un
terrible caprice du hasard. Votre système de défense est d'être
innocent, vous êtes innocent: je le proclame!

— Mais je vous jure, Maître, je vous jure sur ce que j'ai de
plus cher au monde que je suis innocent.

En cette minute, Coche eut la tentation folle de tout
raconter. Mais quel avocat aurait osé le défendre après un
pareil aveu? Il s'était condamné lui-même au seul système

possible: tout nier, sans se préoccuper de la vraisemblance.

Encore voulait-il que son avocat crût à sa sincérité. Il reprit avec passion:

— Je suis innocent! Je suis innocent! Plus tard, bientôt peut-être, vous verrez, je vous dirai...

— Mais je vous crois, je vous l'affirme... Et Coche comprit, à l'attitude, au regard de son avocat qu'il déguisait sa pensée, qu'il était convaincu, lui aussi, de sa culpabilité. Ils causèrent encore, doucement, ne parlant presque plus du crime. Coche oubliait un peu tout ce que sa situation présentait de grotesque et de dramatique à la fois, et l'avocat essayait de déchiffrer ce qu'il y avait au fond de cette espèce d'insouciance blagueuse, succédant à l'indignation remarquablement simulée du début.

Dans l'après-midi du lendemain, on vint chercher l'accusé dans sa prison, et on le fit monter dans la voiture cellulaire. Il crut qu'on le conduisait à l'instruction, mais le trajet lui sembla plus long que l'autre fois. Dressé, autant qu'il le pouvait, il essaya de voir par les prises d'air, mais les lattes étant placées dans le sens inverse de celui des volets ordinaires, c'est-à-dire obliques de bas en haut, il ne put distinguer qu'un peu de ciel gris, triste et froid. La voiture s'arrêta enfin; il en descendit, et on le poussa rapidement — pas assez vite cependant pour qu'il n'eût le temps d'apercevoir la Seine qui roulait une eau lourde et boueuse, et de se rendre compte qu'il était à la Morgue.

— C'est complet, se dit-il, la confrontation maintenant!

La pensée de ce spectacle dont la seule annonce emplit d'effroi les vrais criminels, ne l'ennuya pas. Quelle menace auraient pour lui les yeux éteints de ce pauvre mort? Il verrait sans peur ce corps qu'il avait contemplé par deux fois: la nuit presque palpitant encore de vie, le matin déjà raidi et froid. Cependant, lorsqu'il se trouva dans la salle aux murs blancs, aux fenêtres hautes, où la lumière mettait des taches pâles sur les tables de marbre, il eut une sensation désagréable. Une odeur vague d'acide phénique et d'essence de thym, une odeur qui tenait de la pharmacie et du cimetière, flottait dans l'air humide. Et il s'imaginait sentir l'odeur terrible et fade qui se dégage des êtres morts depuis peu. Pourtant il regardait avidement, s'efforçant de noter les moindres détails dans sa mémoire afin de pouvoir au prochain jour les consigner exactement.

On le fit pénétrer enfin dans une pièce où une forme recouverte d'un drap était étendue sur une table. On leva le drap, et, bien qu'il fût prêt à ce spectacle, il eut un mouvement de recul involontaire. Il ne reconnaissait pas ce cadavre, ou du moins, au premier coup d'oeil il ne le reconnut pas. La mort, pour achever son oeuvre, avait tassé, ratatiné les chairs. La face qu'il avait vue pleine et ronde, était émaciée, des ombres grises, vertes, s'y écrasaient descendant des tempes au menton, comme si quelque pouce énorme s'était plu à modeler la cire jaune de ce visage.

Quand il l'eut contemplé quelques secondes, le juge lui dit:

— Voilà votre victime.

— Encore une fois, je proteste contre une pareille accusation. Je ne connais pas cet homme, je ne l'ai jamais connu.

Et il songeait: Dire que la vérité a passé devant ces yeux, et qu'à présent, tout est fini, qu'il ne reste rien de ce que cet être a vu, souffert, et qu'on pourrait me trancher la tête ici même, sans qu'un frisson secouât cette chair inerte...

La confrontation dura peu. Pour les magistrats, Coche s'entêterait à nier encore, à nier toujours, et il était de taille à ne pas faiblir.

On crut l'user par l'énervement: peine inutile. À toutes les questions, l'accusé répondait invariablement:

— Je ne sais rien.

Puis, après avoir accumulé charge sur charge, quand on lui demandait:

— Qu'avez-vous à objecter à ceci? Comment expliquez-vous cela?

Il levait les bras, et se bornait à murmurer:

— Je ne comprends pas. Je ne m'explique pas...

L'instruction, longue, difficile, n'amena aucune découverte intéressante. Il était impossible de briser la muraille mystérieuse qui, de son vivant, avait entouré Forget. Personne ne le connaissait, personne n'était au courant de ses habitudes. On ne put relever aucune charge morale contre Coche, mais il fut facile, par là même, de les lui faire supporter toutes. De ce que nul ne savait les fréquentations de la victime, on concluait simplement que Coche avait fort bien pu être en rapport avec elle, sans que qui que ce soit pût en témoigner. Quant au mobile qui l'avait poussé à commettre ce forfait, il n'apparaissait pas clairement. Une enquête minutieuse sur sa vie, ses ressources, n'apprit rien, sinon qu'il ne faisait pas la fête, qu'il payait exactement son terme et qu'on ne lui savait pas de liaison sérieuse. On ne put davantage établir la liste des objets dérobés boulevard Lannes, et le hasard, sur lequel on comptait pour apporter quelques éclaircissements sur ce point, ne se mit pas de la partie. Si bien qu'au bout de trois mois, malgré tout le zèle

162

de la Sûreté, l'acharnement du juge, et les recherches personnelles de tous les journaux de Paris, l'instruction en était exactement au même point que le premier jour: c'est-à-dire que deux charges précises et d'une gravité extrême pesaient sur Onésime Coche: le bout d'enveloppe et le bouton de manchette ramassés dans la chambre de la victime. À ces charges, dont l'accusé n'avait pu se dégager en aucun moment, s'ajoutait la présomption grave résultant de son brusque départ du *Monde*, et sa fuite à travers Paris, où l'on avait relevé en trois jours son passage dans trois hôtels différents, sous de faux noms. Si l'on ajoutait à cela son attitude étrange à l'heure de l'arrestation, son essai de défense à main armée contre les agents, son retour clandestin à son domicile, on se trouvait en face d'une situation assez nette pour autoriser tous les soupçons et presque des certitudes. Le dossier, il est vrai, manquait de preuves morales; les preuves matérielles les remplaçaient. L'instruction fut donc close, transmise à la Chambre des mises en accusation, et l'affaire du boulevard Lannes fut inscrite au rôle des assises pour la session d'avril.

CHAPITRE X

Le séjour de la prison avait fortement déprimé Coche.
L'énervement des premiers jours avait fait place à de
l'abattement. Au début, il aurait pu, à la rigueur, tout
avouer, maintenant, il lui semblait impossible d'agir ainsi
après tant de petits mensonges. Il attendait l'occasion. Un
fait quelconque, un incident imprévu, pouvait et devait la
fournir. Mais les jours succédaient aux jours, et l'incident ne
se produisait pas. Bien plus, et c'était là un de ses sujets
d'irritation les plus aigus, Coche, dans sa prison, pas plus
qu'à l'instruction, ne voyait rien de sensationnel. Il ne lui
eût pas été désagréable d'avoir à consigner des injustices, des
brutalités, des illégalités. Tout se passait le plus
naturellement du monde. Sans être avec lui d'une tendresse
exagérée, ses gardiens se montraient humains, plutôt doux,
si bien qu'il en arrivait à se demander:

— Qu'est-ce que je pourrai bien écrire en sortant de là?...

Parfois, il revenait à son objection du début: l'être
mystérieux le poussant à s'embarquer dans cette affaire.
Alors, la peur le reprenait, la peur de l'inexplicable, de
l'inconnu, et il restait tout le jour effondré sur son lit, secoué
de frissons si violents que plusieurs fois on lui avait
demandé s'il était malade.

Un matin, le médecin était venu, et Coche avait refusé de

répondre à ses questions, se bornant à dire:

— Le mal dont je souffre ne saurait être guéri ni soulagé par vous. Je ne suis pas fou, je ne fais pas le fou, je désire seulement qu'on me laisse en repos.

Il ne causait plus à personne, écoutant à peine son avocat, envahi par une tristesse immense, un doute de tous les instants qui se traduisait par une excitabilité extraordinaire. La pensée qu'il était le jouet de forces surnaturelles, avait tant passé et repassé dans son esprit, qu'elle était devenue une certitude.

Il essayait encore de se débattre. Un jour, n'y tenant plus, sentant sa raison se perdre, fuir son cerveau, il se dressa brusquement, décidé à faire cesser cette terrible comédie, à tout avouer, à tout subir, peines, humiliations, pourvu qu'il pût revoir le jour, le grand ciel et la vie, pourvu surtout qu'il se convainquît une fois pour toutes qu'il était demeuré l'arbitre de ses décisions, le maître de sa volonté. Il se rua vers la porte et appela le gardien. Mais dès qu'il fut devant lui, il bégaya des paroles sans suite:

— Je vous ai demandé... je voulais vous dire... non... ce n'est plus la peine... une idée qui m'avait passé par la tête...

La conviction était brusquement entrée en lui qu'il ne pourrait pas parler, qu'on l'avait condamné au silence. Il suffisait d'un mot pour le sauver: ce mot, lui seul pouvait le prononcer, mais il ne le prononcerait pas, parce qu'on ne voulait pas!

Par un phénomène d'auto-suggestion, il se persuadait qu'il était la victime, l'instrument d'un autre, lequel, en vérité, n'était que lui-même. Depuis le début, il n'avait eu qu'un ennemi: sa propre imagination. Il n'était captif que de sa faiblesse maladive, et ce dernier effort, cette tentative suprême pour s'arracher à ce qu'il croyait être une possession diabolique, n'avait abouti qu'à lui prouver, d'une façon indiscutable cette fois, que seule la puissance occulte, la volonté mystérieuse qui agissaient sur lui, étaient capables de lui faire prendre une décision!

Les fous qui retrouvent après une crise, assez de lucidité d'esprit pour se rendre compte de leur démence et redouter l'accès qui peut les reprendre d'un instant à l'autre, sont les plus malheureux des êtres. Est-il une torture plus effroyable que de se dire:

— Tout à l'heure, ma raison va sombrer; peut-être, alors, d'effrayants instincts feront-ils de moi un monstre... et, sauf à la seconde précise où mon poing frappera, je ne cesserai de savoir vers quel horrible but me pousse la fatalité!

Pareil à ces fous, Coche était certain qu'il ne pouvait plus se soustraire à la force mystérieuse. Sa pensée, dès qu'il voulait avouer, s'arrêtait dans sa tête, comme la voix s'étrangle dans la gorge sous le coup d'une trop vive émotion. Il voyait devant ses yeux, il lisait dans sa tête les mots qu'il faudrait dire, la phrase libératrice qui mettrait fin au cauchemar, mais ces mots, il ne pouvait plus les prononcer, cette phrase, il ne pouvait plus la dire. Et cependant, tout seul, roulé sur son lit, la tête cachée dans ses mains, il la répétait:

«À l'heure où le crime a été commis, j'étais chez mon ami, M. Ledoux, et c'est en sortant de chez lui que l'idée m'est venue de cette comédie sinistre...»

Tout en la répétant en lui-même, il entendait exactement les moindres inflexions de sa voix. Mais aussitôt qu'il se trouvait en présence de quelqu'un, ses lèvres se refusaient à prononcer les mots qui dansaient dans sa tête, et il assistait, impuissant, à la lente agonie de sa volonté.

C'est dans cet état d'esprit qu'il arriva à la Cour d'assises.

Depuis trois mois, l'affaire, avec son allure mystérieuse, passionnait tout Paris, et Coche avait des partisans déterminés et des adversaires résolus.

Rien n'ayant pu, au cours de l'instruction, fixer le mobile du crime, parmi ses adversaires, les uns le tenaient pour un fou, les autres pour un assassin vulgaire. Successivement, tous les aliénistes de Paris avaient été consultés; aucun n'avait osé se prononcer. À ceux qui affirmaient sa culpabilité, ceux qui proclamaient son innocence répondaient:

— Souvenez-vous de Lesurque, le courrier de Lyon!...

Aussi, la salle présentait-elle, le jour de l'ouverture des débats, une animation extraordinaire. On était venu là, comme au spectacle, autant pour être vu que pour voir. Les femmes — en majorité — avaient, pour la circonstance, arboré des toilettes neuves. On s'étouffait dans la partie réservée au public, au banc des avocats, et, pour répondre à d'innombrables demandes, le Président avait fait placer trois rangs de chaises, sur son estrade. Dans la salle surchauffée, flottait une odeur irritante de parfums et de chairs moites. La lumière trop crue, venue des vitres hautes, mettait sur les visages des taches violentes. Et le murmure, timide tout d'abord, qui montait de cette foule, se changea bientôt en un bourdonnement, coupé de petits rires mal étouffés, d'exclamations, d'appels.

Un huissier cria:

— La Cour!

Il y eut un grand bruit de chaises repoussées, de pieds

remués, on entendit encore des bribes de phrases commencées presque haut achevées très vite à voix basse, quelques toux nerveuses, un ou deux «chut» et le silence se fit profond et solennel. Le Président ordonna d'introduire l'accusé, la poussée fut telle, que des cris partirent du public, et qu'une jeune femme, hissée sur une barrière, perdit l'équilibre et tomba.

Onésime Coche parut... Il était excessivement pâle, mais son maintien ne décelait ni forfanterie, ni crainte. Lorsque la porte s'était ouverte devant lui, il s'était dit, une dernière fois:

«Je parlerai, je veux parler.»

Puis son regard avait erré sur cette foule où il ne trouva pas un seul visage ami, sur tous ces yeux où il ne lut qu'une curiosité féroce, une curiosité malsaine des gens venus pour regarder, pour entendre souffrir, comme ils entrent dans une ménagerie avec l'espoir de voir les fauves déchirer le dompteur. Mais il n'eut pas une révolte, pas une pensée de haine.

Un moment vient où la torture morale, la fatigue physique sont telles, qu'on n'a pour ainsi dire plus la force de souffrir. Tout être a une capacité de douleur déterminée: lorsqu'il est parvenu à la limite extrême de cette douleur, il est insensible. Coche crut avoir atteint cette limite, et s'en réjouit presque. Si le soir où il avait téléphoné la grande nouvelle au *Monde*, quelqu'un avait pu lui dire: «Voilà quel mouvement de curiosité vous allez provoquer», il eût tressailli de joie. Maintenant, il n'éprouvait plus, avec une immense lassitude, qu'une sorte d'hébétement dont rien ne pouvait le tirer. La fatalité avait traversé sa vie, pesait sur lui, l'heure des vaines révoltes était passée; il n'avait plus qu'à se soumettre et à attendre.

Quand il eut donné d'une voix nette son nom, son âge et tous les renseignements concernant son état civil, il s'assit pour entendre l'acte d'accusation. Cet acte, avec les preuves qu'il dressait contre lui en faisceau, lui fit l'effet du plus terrible des réquisitoires. À mesure que les charges se précisaient, il comprenait comment la conviction du juge avait pu se faire, inébranlable. Malgré tout, il se disait:

— *Si je veux parler*, je réduirai cela à néant. Mais pourrai-je parler?...

L'interrogatoire fut assez terne; on espérait des révélations sensationnelles, certains journaux ayant affirmé — de source certaine — que l'accusé se réservait pour les Assises. Mais à toutes les questions Coche répondait invariablement:

— Je ne sais pas, je ne m'explique pas, je suis innocent.

Le Président lui ayant fait observer tout ce que ce système de défense offrait de dangereux il leva les épaules et murmura:

— Que voulez-vous, Monsieur le Président, je ne peux pas vous dire autre chose...

Et il reprit son attitude impassible, indifférente presque. Lorsque le défilé des témoins commença, son attention parut s'éveiller, son regard jusqu'alors lointain devint plus direct, les coudes aux genoux, le menton dans les paumes, il écouta. Ce fut d'abord Avyot, le Secrétaire de la rédaction du *Monde*, qui dit de quelle façon Coche avait quitté le journal après avoir pris durant quelques heures l'Affaire en mains. À une question du Président qui lui demandait si à aucun moment il n'avait cru reconnaître la voix de celui qui, dans la nuit du 13, l'avait appelé au téléphone, il répondit: «Non» avec assurance, et précisa encore quelques points de détail: la somme que le reporter avait touchée à la Caisse, l'heure à laquelle il l'avait vu pour la dernière fois, l'attitude qu'il avait eue au cours de cet entretien. Mais tout cela n'avait plus qu'une importance secondaire. Ensuite, ce fut la femme de ménage qui raconta ce qu'elle savait de son ancien maître, de ses habitudes, de ses relations. Sans omettre les moindres détails, elle dit comment elle avait trouvé la chemise tachée de sang, le poignet arraché, et le bouton d'or et turquoises. Tout cela lui avait semblé louche dès le premier instant, et, n'était la discrétion «les domestiques n'ont pas à se mêler des affaires de leurs patrons» elle eût fait part de ses soupçons à la Justice, bien avant que le «Monsieur de la Sûreté» l'interrogeât. Après elle, des garçons du Journal, le bijoutier qui avait vendu les boutons, le facteur qui, trois ou quatre fois, avait déposé au 22 des lettres adressées à Coche, défilèrent sans apporter le moindre renseignement intéressant. Le médecin légiste fit à la barre une conférence émaillée de termes scientifiques, de chiffres et de calculs, d'où il résultait que la mort avait été provoquée par un coup de couteau qui, partant du sterno-cleido-mastoïdien, avait déchiré la parotide, sectionné obliquement, de haut en bas et d'arrière en avant, la carotide externe, puis, rebondissant sur l'angle maxillaire, et sectionnant encore le sterno-cleido-mastoïdien, ne s'était arrêté que sur la fourchette sternale.

Il restait encore un témoin, l'horloger, commis par la Justice pour examiner la pendule que l'on avait trouvée renversée sur la cheminée, dans la chambre du crime. Il déposa au milieu de l'indifférence générale. Seul, Coche ne perdit pas une de ses paroles; sa déposition fut, du reste, courte, et très précise:

— La pendule qu'on m'a donnée à examiner, dit-il, est une pendule d'un modèle ancien, mais au mouvement excellent et en très bon état, je dirai même qu'on n'en trouve plus guère dans le commerce d'aussi solides, d'aussi finies. Les aiguilles étaient arrêtées sur minuit 20, or les pendules de ce genre ne se remontent que tous les huit jours, et celle-ci pouvait encore marcher pendant quarante-huit heures; elle ne s'est donc pas arrêtée du fait que le ressort était à bout, mais simplement parce qu'elle a été renversée, et que le balancier, couché sur le côté, n'a plus pu fonctionner. Dès qu'elle a été replacée d'aplomb, un léger mouvement d'oscillation a suffi pour la remettre en marche. J'en tire donc cette conclusion que l'heure marquée par les aiguilles est précisément l'heure à laquelle la pendule fut renversée.

— Le crime aurait donc été commis à cette heure-là? fit distraitement le Président.

L'audition des témoins était terminée. Il y eut une suspension d'audience de quelques minutes, puis la parole fut donnée au Ministère public.

Coche, un peu rassuré par la déclaration si nette de l'horloger, écouta le réquisitoire sans émotion apparente, et pourtant, il était terrible pour lui dans sa simplicité un peu sèche, presque mathématique.

La salle, déjà favorablement impressionnée par l'interrogatoire et les différents témoignages, fit entendre à deux ou trois reprises des murmures d'approbation, et il y eut d'assez nombreux applaudissements, vite réprimés, lorsque le Procureur termina en demandant pour le journaliste, qui n'avait ni l'excuse de la misère, ni celle de la colère, la peine capitale.

Coche frissonna, enfonça un peu ses ongles dans ses mains, mais sembla impassible. Il pensait surtout, il pensait seulement:

«Il faut que je parle, je veux parler! Je parlerai».

Et à voix basse il répétait:

«Je veux, je veux, je veux!...»

Pendant tout le temps que dura la plaidoirie de son avocat, les yeux fixes, les poings serrés, l'oreille et la pensée absentes, il répétait: «Je veux parler, je le veux, je le veux!» L'avocat se rassit au milieu d'un effrayant silence. Par pure courtoisie, Coche se pencha vers lui et le remercia. Mais il n'avait rien entendu de sa défense, défense pitoyable à la vérité mais impossible.

Les débats allaient être clos. Le Président se tourna vers l'accusé et lui dit:

— Avez-vous quelque chose à ajouter pour votre défense?

Coche se leva, raidi dans un terrible effort, si pâle que l'on crut qu'il allait tomber et que les gardes tendirent les bras vers lui. Mais il les écarta d'un geste, et d'une voix forte, qui fit passer un frisson sur le jury et sur l'assistance, il répondit:

— J'ai à dire, Monsieur le Président, que je suis innocent, et je le prouve.

Il prit une large respiration et se tut. L'espace d'une seconde ses yeux devinrent d'une effrayante fixité: il ouvrit la bouche: ceux qui étaient les plus rapprochés de lui, crurent l'entendre murmurer: «Je veux!... Je suis mon maître» et d'un trait, la main levée, les doigts ouverts comme pour écarter une vision menaçante, il cria plutôt qu'il ne dit:

— À minuit vingt, à l'heure où le crime se commettait, moi, innocent, je me trouvais chez mon ami M. Ledoux, 14, rue du Général-Appert.

Et épuisé par l'effort qu'il venait de faire, épouvanté par la victoire remportée sur l'inconnu mystérieux dont la volonté jusqu'à cet instant avait étranglé la sienne, il s'écroula sur son banc en sanglotant de fatigue, d'énervement et de joie.

Tous les assistants s'étaient dressés. Une telle clameur s'éleva que le Président dut menacer de faire évacuer la salle. Enfin, quand un silence relatif se fut établi, il dit:

— Coche, n'essayez pas de nous tromper une dernière fois. Songez aux conséquences de votre déclaration, si elle est reconnue fausse. Réfléchissez avant de la jeter dans le débat.

— J'ai réfléchi! j'ai réfléchi: j'ai dit la vérité! Je le jure! Qu'on interroge mon ami Ledoux...

— Monsieur le Président, dit l'avocat, je demande que ce témoin soit entendu immédiatement.

— Telle est bien mon intention, Maître. En vertu de mon pouvoir discrétionnaire, j'ordonne que le témoin invoqué par l'accusé soit amené sur l'heure aux pieds de la Cour. Garde, vous allez vous rendre chez M. Ledoux, 14, rue du Général-Appert, et vous le conduirez ici. L'audience est suspendue.

La déclaration de Coche avait produit une véritable stupeur. Les rares partisans qu'il comptait dans l'auditoire triomphaient; les autres, sans pouvoir nier l'importance décisive d'un pareil alibi, doutaient encore de sa véracité. Dans le jury surtout, l'étonnement avait été extraordinaire. Après le réquisitoire, le siège des jurés était fait, et c'est à peine s'ils avaient écouté la plaidoirie de l'avocat. Si l'alibi de Coche était reconnu valable, l'accusation s'écroulait, ou du moins recevait un coup terrible. Quant à l'avocat, il disait à son client: «Mais pourquoi n'avoir pas parlé plus tôt», et

Coche répondait cette chose invraisemblable, et pourtant vraie:

— Parce que je ne pouvais pas!

Pendant une heure, la salle et les couloirs environnants présentèrent une animation extraordinaire. Cette affaire qui depuis le matin avait, par sa banalité, déconcerté tant de gens, avait soudain rebondi, plus passionnante que jamais. Quand la sonnette retentit, on se rua dans la salle. Des gens qui n'avaient pu entrer le matin se mêlèrent au flot des invités porteurs de cartes. Il n'y avait plus de service d'ordre possible. Les gardes débordés, durent laisser passer tout le monde. Enfin, la Cour entra, les conversations cessèrent, et le Président ordonna de faire entrer le témoin.

Alors, au milieu d'un effrayant silence, un garde s'avança seul à la barre, joignit les talons, salua et dit:

— Au numéro 14 de la rue du Général-Appert, on m'a appris que M.
Ledoux, rentier, était mort depuis le 15 du mois de mars.

Coche se dressa livide, prit sa tête dans ses mains, poussa un cri, et retomba comme assommé.

Déjà le Procureur s'était levé:

— Messieurs les jurés, je n'ai pas besoin d'insister sur la gravité d'une pareille nouvelle. Le sieur Ledoux, eût-il témoigné ici même, l'accusation n'en aurait pas moins conservé toute sa force, mais vous ne vous laisserez pas émouvoir par cet alibi audacieux, grâce auquel on a essayé de jeter un doute dans vos consciences. Je n'ajoute rien à mon réquisitoire, je n'en retire rien: vous jugerez et vous condamnerez sans pitié.

174

L'avocat s'écria:

— Monsieur le Président...

Mais Coche balbutia en lui mettant les mains sur l'épaule:

— Par pitié... Maître... plus un mot... C'est fini... je vous en supplie... C'est fini... fini... fini...

Le jury déjà mal disposé avant la suspension d'audience ne délibéra pas longtemps. Au bout de dix minutes, il revint. Sa réponse était «Oui» à l'unanimité à toutes les questions et «Non» à l'unanimité pour les circonstances atténuantes.

Coche n'était plus qu'une chose inerte, un pauvre corps défaillant. L'épouvante était descendue sur lui. Sa volonté avait triomphé trop tard de sa terreur superstitieuse, et il se rendait compte maintenant de l'espèce de folie contre laquelle il s'était débattu pendant trois mois, il se rendait compte surtout que rien ne pouvait plus le sauver qu'un miracle, et la fatalité venait d'abattre trop brutalement ses mains sur sa nuque pour qu'il escomptât ce miracle. Il connaissait enfin l'horreur des épouvantes humaines, la peur monstrueuse, et l'appel effroyable à la vie qui s'en va. Ses yeux, ses pauvres yeux de bête torturée se posaient sur ces gens qui tout à l'heure allaient revoir la rue, la gaîté de l'air libre et retrouver la joie de la bonne maison, du foyer familial où l'homme sage vient abriter ses rêves, comme le matelot vient abriter sa barque dans la petite baie où dansent les étoiles. Et tandis que ces visions traversaient son âme éperdue, une voix s'éleva qui fut d'abord à ses oreilles un murmure confus, puis un tonnerre quand elle prononça:

— Onésime Coche est condamné à la peine de mort.

Après il entendit encore vaguement...

— Trois jours francs pour vous pourvoir en cassation...

Il sentit qu'on l'emmenait, qu'une main serrait sa main... il se trouva sur son lit, dans sa cellule, sans savoir comment ni pourquoi, et il s'endormit d'un sommeil de brute.

Or, pendant la nuit, il eut un effrayant cauchemar:

Il venait d'assassiner le vieux du boulevard Lannes. Il gagnait la porte en rampant, descendait l'escalier et se trouvait dans la rue.

Dehors, sous la bise coupante, il s'arrêtait, la tête vide, les jambes molles, comme un homme ivre: pas un murmure, pas un bruit. Grelottant, il relevait le col de son pardessus, faisait un pas, s'arrêtait pour s'orienter dans la nuit noire, et se mettait en route.

Il marchait lentement, roulant dans sa pensée confuse, l'horreur de son crime et l'effroi du mort étendu, la gorge béante, les paupières ouvertes sur ses prunelles chavirées. Un carrefour désert et sombre s'ouvrait au-devant de ses pas. Harassé, les genoux tremblants, il s'adossait à un mur. Soudain, dans le silence, il croyait entendre un bruit de pas. Il s'arrêtait les muscles ramassés, prêtant l'oreille. Le même bruit résonnait plus fort et plus précis. Il partait, rasant les maisons, droit devant lui. Le bruit se mettait en marche, le suivant. Il courait et le bruit courait avec lui... La rue, plus large bornée de lueurs hésitantes, se déroulait déserte, et silencieuse. Il galopait la terreur accrochée aux flancs comme des chiens de meute... Tout un brasier flambait dans sa poitrine. Il courait toujours, perdant la notion du temps, de l'heure qui mourait lentement. Tout ce qui lui restait de force et d'énergie ne vivait plus que dans l'espoir du matin blême qui bientôt monterait à l'horizon, ramenant avec lui l'éveil des choses et des gens, faisant surgir d'autres visages d'êtres humains, repeuplant ce désert sombre qui l'épouvantait. Et il courait toujours. Il avait fait tant de détours, croisé tant de chemins, qu'il s'en allait vers l'inconnu, perdu dans Paris sommeillant. Il courait, râlant de fatigue et de peur, et voici qu'au bout de l'horizon, le jour monta, triste, pluvieux... Le jour! le jour!... Un murmure confus s'éleva: on eût dit le chuchotement d'une foule. Là-bas, toute une masse sombre ondulait avec des souplesses de vague. Était-ce encore l'obsession de la nuit? Non pas... des hommes étaient là devant lui!... Enfin! il n'allait plus être plus seul avec son épouvante... il allait coudoyer des êtres vivants... les frôler... Il tendit l'oreille... Une voix brève domina le bruit... un cliquetis, rapide comme celui que fait un coup de vent parmi les feuilles sèches... une blancheur descendit dans le ciel plus léger, finie l'angoisse de la nuit, l'horrible solitude... sa poitrine s'appuyait contre d'autres poitrines... À ce moment la vague s'ouvrit, comme pour lui livrer passage... il s'avança, et tout d'un coup tomba sur les genoux: dans sa terreur il n'avait pas vu où sa fuite l'amenait, et devant lui venait de surgir, goule effroyable, avec ses deux grands bras dressés dans le ciel pâle... la Guillotine!...

Coche s'éveilla en poussant un cri... Pendant une seconde, il retrouva la joie du réveil qui brise les cauchemars, mais aussitôt la réalité, plus effroyable que le rêve, reprit:

La Guillotine! le couteau blanc, et le panier où bondissent les têtes... il verrait cela! Il mordit ses draps pour ne pas hurler... Adieu les nuits paisibles, les jours calmes! Entre tout ce qu'il avait aimé, souhaité, espéré, et lui, l'horrible chose (il n'osait plus penser le mot guillotine) se dressait maintenant...

Le lendemain, son avocat vint le voir pour lui faire signer son pourvoi en cassation et son recours en grâce. Il bégaya: «À quoi bon?», et signa tout de même. Quand il eut posé la plume, il dit en regardant son défenseur avec des yeux grandis par l'épouvante et par la fièvre:

— Écoutez... il faut que vous sachiez, il faut que je vous dise...

D'une voix haletante, coupant ses phrases de gestes saccadés, de mots sans suite, il raconta toute sa nuit du 13: son dîner chez Ledoux, son départ, la rencontre des rôdeurs, sa visite à la maison du crime, et l'idée soudaine d'égarer la police, de simuler une fuite pour attirer sur lui, l'attention...

Il se tut. L'avocat prit sa main et lui dit doucement:

— Non, vraiment, ce n'est pas la peine... Le Président vous fera grâce... Là-bas, vous pourrez... plus tard... refaire votre existence.

— Alors, s'écria le malheureux, vous croyez que je mens?... Mais je ne mens pas, vous m'entendez... je ne mens pas... Allez-vous- en!... Allez-vous-en...

Et au comble de l'exaspération, il se jeta sur lui, hurlant:

— Mais allez-vous-en donc! Vous ne voyez pas que vous me rendez fou!...

Resté seul, il fut pris d'un effrayant accès de désespoir. Ainsi, même celui qui avait pris la parole pour le défendre ne pouvait le croire innocent! En même temps, la peur de la mort de la douleur, grandissait en lui, et il se raccrochait à la vie désespérément, s'arrachant les cheveux, se griffant le visage, sanglotant:

— Je ne veux pas mourir! je n'ai rien fait!

Il était doux, craintif, suppliant envers tous, comme si le moindre de ses gardiens avait pu faire agir en sa faveur des

influences considérables, et l'arracher à l'échafaud.
Lorsqu'on le transporta à la Roquette, ce fut pis encore!
Jusque-là, il avait pu parfois pendant quelques secondes
oublier l'échafaud, mais là, entre ces murs qui n'avaient vu
que des condamnés à mort, comme lui, l'obsédante pensée se
faisait plus précise, les images plus nettes: toutes les gloires
du crime avaient défilé là, dormi sur ce lit, et le coude appuyé
à cette table, frissonné d'horreur à la seule pensée du
châtiment plus proche chaque jour. Déjà, il n'était plus
pareil aux autres hommes; il faisait partie d'une classe à part,
hors la loi, et presque hors la vie. On avait coupé ses
cheveux à la tondeuse, rasé ses moustaches, et en passant ses
mains sur son visage, il ne se reconnaissait plus. Il avait
désappris presque tous les mots, pour ne se souvenir que de
ceux qui avaient trait à sa mort prochaine, et durant des
heures entières, accroupi dans un coin de sa cellule, les
coudes aux genoux, les poings aux dents, il regardait défiler
en lui toutes les images d'épouvante, toutes les scènes
d'exécution pareilles à ce que serait la sienne.

Il voyait la dernière Nuit, le Réveil et l'effrayante place, grise
sous le ciel gris, les toits humides, le pavé luisant, mais il
voyait surtout la *Veuve* avec ses immenses bras rouges et le
rire édenté de sa lunette surmontée du couperet.

L'aumônier le visitait chaque jour. Peu à peu, une terreur
superstitieuse, un besoin de se réfugier en quelqu'un, d'être
écouté et d'être plaint, le poussait vers une sorte de piété
craintive, remplie de visions superstitieuses. Il ne parlait
plus, mais écoutait avidement, prenant d'un geste machinal
et répété sans cesse son cou amaigri dans ses mains, puis le
lâchant brusquement, comme s'il avait senti la place où le
couteau tracerait son chemin. Même avec le prêtre il évitait
de s'entretenir de sa fin prochaine; il écoutait parler de
repentir, d'expiation... ces mots n'avaient pas de sens pour

lui: de quel crime aurait-il a répondre?... quel forfait devait-il expier? Si Dieu, en vérité, tenait compte des gestes des hommes, il saurait bien, le voyant arriver devant son Tribunal, qu'il était innocent... Un jour, pourtant, le quarantième jour de sa captivité approchait, il savait que son pourvoi en cassation avait été rejeté, et ne comptait plus que sur la clémence présidentielle, il dit brusquement à l'aumônier:

— Monsieur l'abbé, en votre âme et conscience, si vous étiez à la place du Président, signeriez-vous ma grâce? Répondez-moi dans toute la sincérité de votre coeur d'homme loyal. Il faut que je sache. J'ai besoin de savoir.

Et l'aumônier l'ayant regardé bien en face répondit:

— Non, mon enfant, je ne signerais pas, il faut payer...

Chose étrange, cette réponse le calma presque. La pire torture de son existence était le doute. Il n'osait se préparer à mourir, craignant d'attirer la mauvaise chance sur lui. Maintenant, c'était fini, il se considérait comme mort et s'imaginait qu'ainsi prévenu il saurait mieux résister à l'épouvante du réveil. Pourtant à mesure que la date fatale approchait, ses nuits se peuplaient de cauchemars. Il se dressait sur son lit au moindre bruit, collait l'oreille au mur, essayant de deviner ce qui se passait dans la rue, sur la place. Et quand le jour était venu, quand il était sûr que ce n'était pas pour ce matin, il s'endormait d'un sommeil coupé de soupirs et de sanglots...

Vers la fin de la quarante-troisième nuit, il crut percevoir une vague rumeur, des bruits de maillet frappant le bois, des pas assourdis. Il se mit à claquer des dents, n'osant plus écouter, redoutant d'entendre, les yeux rivés à la porte de sa cellule, attendant la seconde effroyable où elle s'ouvrirait, livrant passage au bourreau! Et la porte s'ouvrit.

Il regarda d'un oeil hébété les hommes qui l'entouraient et se leva sans dire un mot, sans faire un geste. On lui demanda:

— Voulez-vous entendre la Messe?

Il fit oui d'un signe machinal. Pendant l'office, il regarda obstinément le sillon qui séparait deux dalles, songeant que le couteau ne ferait pas sur son cou une marque plus large... Il s'étonnait seulement, avec le reste de pensée qui flottait dans son esprit, de vivre encore. Ensuite ce fut la toilette, mais déjà il avait perdu la notion des choses; à peine frémit-il quand les ciseaux frôlèrent sa nuque et qu'on lui passa des cordes aux mains et des entraves aux pieds. On lui offrit une cigarette, du cognac... il refusa... Et soudain, l'horizon qui, depuis près de cinq mois s'était arrêté pour lui aux murs de sa cellule, s'élargit; une fraîcheur coula sur ses épaules, un effroyable silence envahit ses oreilles, un silence si profond, si formidable, que son coeur y battait comme une cloche. Son rêve d'une nuit s'était réalisé... Au-dessus des épaules du prêtre, il vit la guillotine... Le jour venait très doucement.

Derrière les maisons, une traînée laiteuse et rosé moirait le ciel. Ses yeux ouverts, pour la dernière fois regardaient, regardaient... Il fit un pas, buta dans ses liens, soutenu par les aides. Le prêtre bégaya:

— Le Bon Dieu vous pardonnera...

Le Procureur lui dit, d'une voix qui tremblait:

— Vous n'avez plus un aveu, plus une révélation à faire?

Rassemblant tout ce qui lui restait de force, il ouvrit la bouche pour crier:

— Je suis innocent...

Déjà ses genoux frôlaient la bascule, il jeta un coup d'oeil de côté, et tout à coup, malgré les aides, malgré ses entraves, il fit un bond en arrière et poussa un cri surhumain:

— Là! Là! Là!...

Et tandis qu'on essayait de le pousser, raidi, fort à briser un chêne, les talons accrochés aux pavés, le menton jeté en avant, il hurlait toujours:

— Là! Là!

Son appel avait quelque chose de si furieux et de si déchirant à la fois que les aides eux-mêmes hésitèrent une seconde. Le prêtre avait suivi son geste, et de la cohue des cris d'épouvante partirent.

Un soldat, l'arme aux pieds, tomba à la renverse; deux hommes, une femme essayaient de fendre la foule qui déjà, dans une poussée formidable, avait rompu les barrages, envahi l'espace vide où le condamné se débattait en hurlant:

— Arrêtez-les!... Les assassins!... Là... Là...

L'aumônier se jeta en avant et cria:

— Les deux hommes!... La fille!... Arrêtez! Arrêtez...

Vingt mains s'abattirent sur eux. L'un des hommes tira son couteau. La fille se mit à pousser des cris effrayants. L'aumônier se précipita sur Coche, l'entoura de ses bras et supplia le Procureur:

— Au nom du Ciel! Ne touchez pas à cet homme...

Le condamné demeurait immobile à présent. De grandes

larmes coulaient sur sa face exsangue. Il y eut un colloque
de quelques secondes entre le Procureur et le Commissaire de
police qui disait:

— Je décline toute responsabilité, l'exécution est impossible
pour le moment, Monsieur le Procureur. Je n'ai pas assez de
monde pour tenir cette foule, il va y avoir un massacre.
Songez-y, je vous en conjure...

Alors le Procureur balbutia:

—... Faites rentrer le condamné.

Étrange mentalité des masses! cette foule accourue là pour
voir mourir un homme, hurla de joie le voyant arracher au
bourreau!

Or, voici simplement ce qui s'était passé: Au premier rang
des spectateurs, à l'instant où on allait le jeter sur la bascule,
Coche avait reconnu les deux hommes et la femme entrevus
la nuit du crime. Cette seconde-là, plus immense pour lui
qu'un siècle, lui avait suffi: leurs traits étaient trop présents à
sa mémoire pour qu'il hésitât devant eux: d'un coup d'oeil il
avait détaillé les cheveux rouges de la femme, la bouche
tordue du petit et la face de l'autre déchirée par la cicatrice
qui lui balafrait le visage de la tempe à l'aile du nez.

Quelle sinistre pensée les avait poussés tous trois à venir
voir guillotiner celui qui expiait leur crime? Aux jours
d'exécution, tous ceux que guette l'échafaud viennent
regarder avidement comme s'ils voulaient apprendre à
mourir. Au besoin de voir se mêlait chez ceux-ci l'effroyable
plaisir de l'impunité, du triomphe qui les sauvait à tout
jamais...

Arrêtés, ils essayèrent d'abord de nier, mais Coche avait
repris tout son sang-froid et toute sa raison. Ses déclarations

précises, les détails qu'il fournit sur leur marche, tout, jusqu'à la description qu'il donna de la blessure du plus grand les fit bégayer, se contredire... La femme, la première, balbutia un aveu, les hommes suivirent, et ce fut l'éternelle scène immonde et dramatique des complices se chargeant réciproquement. On retrouva dans leur taudis presque tous les objets volés et le couteau qui avait servi à égorger la victime. Alors l'aventure invraisemblable de Coche apparut claire — et au bout de quinze jours, il fut remis en liberté — non pas innocent pour la loi, mais gracié, en attendant que la Cour de Cassation eût révisé son procès.

Lorsque, pour la première fois, il se trouva seul, libre, dans la rue, il eut comme un éblouissement et se mit à pleurer.

Un printemps précoce mettait de la joie dans le ciel. Jamais la vie ne lui était apparue plus légère. Il frémit en songeant à l'horreur du drame qu'il venait de vivre, à la beauté, à la douceur, à la bonté de toutes ces choses qu'il avait failli perdre, à l'abîme où sa raison avait roulé, et, contemplant près d'un jardin les arbres bruns où les bourgeons piquaient des taches vertes, les pelouses au gazon luisant, et le grand ciel où voltigeaient des nuages, il comprit qu'il n'aurait plus assez de tout de ce qui lui restait à vivre pour regarder cela, et sourit avec une immense pitié en songeant que, ni la fortune ni la gloire ne valent qu'on risque, pour les conquérir, la simple joie de regarder la vie.

www.ingramcontent.com/pod-product-compliance
Lightning Source LLC
Chambersburg PA
CBHW022355020726
47500CB00002B/288